# 忘レナ草
Forget-me-Not

ユニゾンシフト　原作
雑賀匡　著
いとうのいぢ　原画

PARADIGM　NOVELS 159

# 登場人物

**エアリオ**　正広の前に突然現れた死神少女。なぜか死期の近づいた正広を助けてくれる。

## 矢部《やべ》 正広《まさひろ》

　両親の離婚や、幼なじみの事故死により、心に傷を負っている。そのためか、人と馴れ合うのが嫌い。口も素行もよくないが、本当は優しい青年。

**坂崎《さかざき》 こより**　片足にギプスをしたままで走り回る元気な少女。初対面から正広になつく。

**朝比奈《あさひな》 香澄《かすみ》**　正広の幼なじみ。子供のころから病弱で今は風邪をこじらせて入院している。

**東堂《とうどう》 真綾《まあや》**　沙耶の唯一の友達。明るくて、誰とでも仲良くなれる。あっけらかんとした性格。

**真柴《ましば》 沙耶《さや》**　人付き合いが苦手で、自分からはしゃべらない。常に後ろ向きで悲観的な性格。

第四章　沙耶

第五章　香澄

# 目次


プロローグ　5
第一章　再会と出会い　13
第二章　生を得ること　57
第三章　それぞれの命　85
第四章　蘇る想い　125
第五章　生と死と　155
第六章　すべてを無に　189
エピローグ　217

# プロローグ

頬《ほお》を撫《な》でていく風を感じた。

その風に目を覚ました矢部正広《やべまさひろ》は、ゆっくりとまぶたを開く。ぼんやりとした視界に最初に飛び込んできたのは、澄み渡った夜空に浮かぶ美しい月。

真円を描く十五夜の月であった。

煌々《こうこう》とした月光を放ち、辺りをまるで昼間のように照らし出している。

——ここはどこだ？

月明かりの下、意識を取り戻した正広は、自分が冷たいコンクリートの上に横たわっていることに気付いて慌てて起き上がろうとしたが……。

「ぐっ……!!」

途端に身体《からだ》のあちこちに激痛が走る。

「……そうか、くそっ!!　あいつら好き放題殴りやがって」

痛みが正広の断片的な記憶を呼び覚ました。

街で徒党を組むチンピラのような集団と喧嘩《けんか》になり、路地裏へ連れ込まれたことを思い出したのである。

喧嘩のキッカケは些細《ささい》なことだった。

肩が触れたとか妙な因縁をつけられたのがそもそも原因だが、別にそのこと自体に腹を立てたわけではない。

## プロローグ

相手が自分たちの数を頼んでいきがっていたのが気に入らなかったのだ。

だから売られた喧嘩を買ったのだが、所詮《しょせん》は多勢に無勢。

あっさりと袋叩《ふくろだた》きにされてこの有様だ。

「なんであんな……群れてなきゃ、なにもできねぇ奴《やつ》らに……」

正広はコンクリートに腕をついて身体を起こすと、痛む箇所《かしょ》を庇《かば》いながらそっと立ち上がった。少し目眩《めまい》がしたが、たいしたことはなさそうだ。

「ところで……」

正広は改めて辺りを見まわした。

「俺《おれ》、どうしてこんなところにいるんだ？」

月明かりに照らされた風景はまるで知らない場所であった。

どこかの屋上のようだが、自分でここへやってきた覚えなどない。そもそも喧嘩の場所は、人通りの少ない、汚い裏路地だったはずだ。

そこで散々に殴られて気を失ってしまい……そう、その後、誰《だれ》かに呼び掛けられたような気がした。

「幻聴だったのかな……」

正広は思わず首をひねった。なんだか妙に懐かしい声だったように思うのだが、はっきりとした記憶はない。

「夢……じゃ、ないよな」

軽く頬を叩いてみたが、パチン!!という音と共に確かに痛みが伝わってくる。殴られた時にできた痣《あざ》や傷も、ジンジンとした痛みを伝えてきた。

——どうなってるんだ?

まるで狐《きつね》につままれたような気分だった。

とにかく、こんなところでぼんやりとしていても仕方がない。正広はその屋上らしき場所から立ち去ろうと、辺りを見まわして出口を探した。

……と、その時。

ふわりと漂ってくるほのかな香りを感じると同時に、目の前には一枚の小さな花びらがひらひらと舞い降りてきた。

「……ん?」

その花びらが落ちてくる場所を確認するように、正広はふと夜空を見上げる。

建物に戻るためのドアがある場所。

その屋上よりも一段高くなった場所に、小さな人影が立っているのを知って正広は思わず息を呑《の》んだ。

——な、なんだ!?

満月を背にしているためにはっきりと確認できなかったが、その背丈や長い髪から察す

るに、立っているのは年端の行かぬ少女のようだ。

更に正広を驚かせたのは、その少女が黒い衣装と黒マントを纏《まと》い、自分でも振りまわせるかどうか分からないほどの巨大な鎌《かま》を持っていることだった。

少女の胸に挿《さ》した白い花だけが、妙に浮かび上がって見える。

――これは夢か？

そう思わずにはいられないほど異様な光景であった。

「な、なあ……夢なんだろ？　これは悪い夢だよな？」

正広は思わずその少女に話し掛けた。

彼女が口を開いて「イエス」と言ってくれなければ、このわけの分からない状況は現実だということになってしまう。

それを恐れるかのように正広は言葉を続けた。

「なあ……答えてくれよ」

「……………………」

「おいっ、聞いているのか!?」

少女は押し黙ったまま返事をしようとはしない。その態度が正広を不安にさせ、何故《なぜ》だか無性に苛立《いらだ》たせた。

「なんとか言ってみろよ、そんな格好で人の夢に出てきやがって!!」

## プロローグ

腹立ち紛《まぎ》れに言葉を投げ掛けると、少女は忌々《いまいま》しそうな表情を浮かべ、手にしていた巨大な鎌を軽々と振りまわした。

ヒュン‼

風を切る音が耳元まで届いた途端。

「あ……う……っ」

言葉を続けようとした正広は、なにも言えなくなってしまった。

声を振り絞ろうとしたが、喉《のど》の奥になにかが詰まっているかのようで、口をパクパクとさせるのが精一杯だ。

——こ、こんなバカな。

ぞくり……と寒気を感じ、温《あたた》かい夜だというのに肌が粟立《あわだ》つ。

動こうとしても、足は凍りついたように動かなかった。膝《ひざ》が笑い出しそうになるのを堪《こら》えるだけで精一杯だ。

正広を支配しているのは恐怖……それ以外には考えられなかった。

少女は振るった鎌を持ち直す。

その鎌が月明かりに照らされて鈍く光るのと同時に、正広を見つめる少女の視線が蒼《あお》く光ったような気がした。

少女は動けなくなった正広に向けて、一言だけ凛《りん》とした声を放つ。

「キミ……死ぬよ」

# 第一章　再会と出会い

「うわっ⁉」

勢いよくガバッと起き上がった途端、身体中《からだじゅう》に痛みが襲ってきて、正広は反射的に一番痛む左肩に右手を当てた。荒い呼吸を吐きながら、首筋を伝う汗を拭《ぬぐ》う。全身は汗だくで、着ていたシャツはべっとりと肌に張りついていた。

痛みのせいだけではない。

この身体中から吹き出した冷たい汗は、まるで悪夢から目覚めた時のような……。

「……っ⁉」

覚醒《かくせい》するに従って、徐々に記憶がはっきりとしてくる。

――そうだ、俺《おれ》はどこかの屋上にいたはずだ。

そこで不思議な少女と出会い、得体のしれない戦慄《せんりつ》を感じて……そう、最後には死を告げられたはずであった。

あれはやはり夢だったのだろうか？

正広はホッとすると同時に、思わず苦笑してしまった。まさか、自分が悪夢にうなされるほど繊細《せんさい》だとは思ってもみなかったのだ。

――ところで、ここはどこなんだ？

呼吸を整えながら、正広は改めて白一色に統一された室内を見まわした。

寝ているシンプルな造りのベッド。半分開いたドアから見える廊下《ろうか》と、辺りに漂う消毒液の匂《にお》い。見覚えはあったが、滅多に訪れることのない場所だ。

「病院か……」

おそらく倒れていたところを誰《だれ》かに発見され、ここに収容されたのだろう。

──へっ、ずいぶんとお人好《ひとよ》しがいるもんだな。

直接ここまで運んできたのか、それとも救急車を呼んだだけなのかは分からない。

だが、正広にとってはこの上ないほど迷惑な話であった。

袋叩《ふくろだた》きにあって路地裏で転がっていた時、このまま目覚めなければそれでもいいという心境だったのだ。もしそうだったら、俺は所詮《しょせん》その程度の運命なのだ……と。

「……誰だか知らないがお節介な奴《やつ》め」

正広はそう吐き捨てると、被《かぶ》っていた毛布をはねのけた。

こんなふうに誰かの世話になるのは耐えられない。他人に借りをつくるなど、正広にとってもっとも唾棄《だき》すべきことであった。このままここにいれば、そのお節介な奴が「どうですか？」などと言いながら顔を見せないとも限らない。

そんなことにならないうちに、さっさと逃げ出してしまおう。

そう考えながらベッドから降りようとした時。

「……あっ」

半開きになっていたドアから、ひとりの少女が部屋に入ってきた。年の頃《ころ》は正広と同じくらいだろうか。腰までの長い髪をした可愛《かわい》い少女である。

少女は正広が起き上がっていることに驚いたような顔をしたが、やがてその表情はパッと弾《はじ》けるような笑顔に変わった。

「正広ちゃん？」

「え……」

不意に名前を呼ばれ、正広はギクリと動きを止めた。

「やっぱり正広ちゃんだっ!! あたし、とっても心配したんだからね」

少女はそう言うと、いきなり正広に飛びついてきた。

だが、正広には状況がさっぱり分からない。相手は見知らぬ少女なのだ。

「お、おい……待てよ」

「ずっとうなされてるみたいだったし、ホントに心配したんだから」

「待てって言ってるだろっ!!」

正広は少し声を荒らげ、抱きついてきた少女を無理やり引き離した。

「あ、ゴメン、身体痛かった？」

「いや、そうじゃなくて……」

「もしかして恥ずかしかったの？ もうっ、シャイなんだから」

そう言いながらコロコロと笑う少女を見つめ、正広はハーッとため息をついた。

# 第一章　再会と出会い

少女の素性はよく分からないが、これで性格はある程度理解できた。正広のもっとも嫌いなタイプだ。相手の気持ちなどお構いなしに、ズカズカと他人の領域に土足で踏み込んでケロリとしているような人種だろう。

そう思うと、自然と口調がぞんざいになった。

「あのな……お前、誰だよ？」

正広の言葉を聞いた途端、少女の表情が固まった。

「え……ま、正広ちゃん、冗談だよね？」

「冗談じゃない。お前は一体誰なんだよ？　馴《な》れ馴《な》れしくしやがって」

「本当に覚えてないの？　あたし……香澄《かすみ》よ。朝比奈《あさひな》香澄なんだけど」

「かすみ？」

そんな知り合いなどいない、と言い掛けた正広は、ふとその名前に聞き覚えがあることを思い出した。かすみ……確かにどこかで聞いたことのある名前だ。

「ホラ、小さい頃、隣に住んでた……」

「ああ……あの香澄か」

正広はその名前をようやく記憶の片隅から掘り起こした。

幼い頃、隣に住んでいた同い年の女の子が確か香澄だったはずだ。

「だけど、なんでお前がこんなところにいるんだ？」

正広は思わず首をひねった。幼馴染《おさななじ》みの香澄は、正広が以前に住んでいた田舎町にいるものとばかり思っていたのだが……。

「二年ぐらい前かな？　この町に引っ越してきたの。ここって正広ちゃんが引っ越してきたところだったんだね」

「そうか……」

正広が家庭の事情で引っ越して以来、まだお互いに小さかったこともあって、それからの連絡はいっさい取っていなかったのだ。

まさかこんな形で再会するとは夢にも思わなかった。

「それじゃ、改めて再会を祝して」

「やめろって言ってるだろ」

再び抱きついてこようとする香澄を、正広は強引に押し返した。

「だからぁ、照れなくてもいいってばぁ」

「お前……そんな性格だったたか？」

あれから何年も経《た》っているのだ。昔のままというわけにはいかないだろうが、正広の知っている香澄はもっと物静かな大人《おとな》しい女の子だったはずだ。

「あたしは正広ちゃんの方が変わったと思うよ。だって、あたし驚いちゃったんだからね。正広ちゃん、路地裏で大怪我《おおけが》して倒れてるんだもん」

「……ってことは、お前が俺を？」

「うん、あたしが月一度の帰宅日で外をブラブラしたら、正広ちゃんが倒れてるんだもん。びっくりしたわよ」

香澄の言葉に、正広はふと気を失っていた時のことを思い出した。

あの時、誰かに呼ばれる声を聞いたような気がしたのだが、あれは幻聴ではなく、香澄の声だったようだ。道理で聞き覚えのある声だったはずである。

「おかげで大変だったんだからねぇ。重い正広ちゃんを大通りまで運ぶのは」

香澄は頬《ほお》を膨らませて正広を軽く睨《にら》んだ。

「お前が勝手にしたことだろ」

「……やっぱり変わったよ、正広ちゃん」

少し寂しげな笑みを浮かべる香澄から、正広は顔を背《そむ》けるようにして視線を逸《そ》らせた。

十数年ぶりに再会したのだ。確かに懐かしさは感じるが、必要以上に馴れ合うつもりなどない。ただでさえ、この状況は気に入らないのだ。

「そりゃ、変わっちゃうよねぇ……お互いに」

あからさまな正広の態度を見ても、香澄はまだ昔の話を始めようとする。

「言っておくが、俺はお前と話をするつもりなんかないぞ」

正広は今度こそはっきりと言い放った。

そうした方が香澄も引き下がるだろうと思ったのだ。

「ひっどおーい、いいじゃない。昔を思い出して、三人で楽しく……あっ」

香澄は不意に言葉を途切らせる。

——ばか。

正広は心中で香澄の迂闊《うかつ》さを叱《しか》った。さすがの香澄も、それ以上の言葉を続けることはできなかったようだ。三人。そう……正広と香澄。そして香澄の姉であったあみ。

幼い頃の正広たちはいつも三人だった。

あみが幼くして事故で亡くなるまでは……。

「…………………」

香澄は沈痛な表情で床に視線を落としている。

——そんな顔をするくらいなら、俺とも会わなきゃいいものを。

正広は香澄の無神経さに怒りがこみ上げてくるのを抑《おさ》えられなかった。ふたりで昔話などをしたら、必ずあみの話題に行き着くことは分かり切っているのだ。

「……っ」

ぼんやりと過去のことを思い返そうとした正広は、何故《なぜ》か軽い頭痛を覚えた。

まるで頭の中に霞《かすみ》が掛かっていて、その奥を覗《のぞ》こうとすると誰かに引きずり戻されるかのように、わずかな痛みを感じるのだ。

——痛っ、怪我のせいかな。

香澄が昔話をしたために少しだけ感じた郷愁を、正広は頭を振って無理やりに封じ込めた。すべては過ぎ去ってしまったことだ。すでにあみの顔すら思い出せなくなっているというのに、今更、過去を思い出して悲しんでも仕方がない。

「おい……」

正広は仕方なく沈黙したままの香澄に声を掛けた。早く、この空気を取り払ってしまわなければ、いつまでも重い気分でいなければならない。

「え……な、なに？」

香澄は少し慌てたように笑顔を繕《つくろ》った。

「ところでお前はなんでこの病院にいるんだ？　俺の付き添いってわけじゃないよな」

「正広ちゃん、あたしの服を見て分からないの？」

「服……？」

そう言われて、正広は初めて香澄がパジャマを着ていることに気付いた。

「お前も入院しているのか？」

「うん、ちょっとタチの悪い風邪《かぜ》にかかっちゃってね。といっても、ずっと寝込んでるわけじゃないし、一応は元気なんだけどね」

「そういえば……お前は病弱だったよな」

香澄は生まれつき身体が弱く、正広があみと外で遊ぶことがあっても、ずっと家の中に閉じこもっていたものだ。

「そうよぉ、あたしはか弱いから」

「あっそ」

「むーっ、ほんとにつれないわね。変わっちゃった」

香澄は頬を膨らまして、非難の視線を向けてきた。どうやら、このくせは昔から変わっていないらしい。

「あらあら、賑《にぎ》やかなのはいいけど、ここは病院よ」

不意にドアの方から声が聞こえてきた。正広と香澄が同時に声の方を振り返ると、そこには白衣姿の看護婦が苦笑しながらふたりを見つめている。

「お喋《しゃべ》りするのは構わないけど、もう少し静かにお願い」

「あ、ごめんなさい婦長さん。話が弾《はず》んじゃって」

別に弾んでねぇよ……と心の中でツッコミを入れながら、正広は入ってきた看護婦を改めて見つめた。結構若く見えるのだが、香澄の言葉からすると、どうやら婦長のようだ。

その婦長が正広の方に視線を向けてくる。

「元気そうね。怪我の方はもう大丈夫かしら」

「こんなのたいしたことないさ。もう、ここを出て行っていいんだろ？」

「そうね……打ち身、打撲、擦《す》り傷《きず》程度。確かに入院するほどのことではないわ」

婦長は正広の言葉に同意するように頷《うなず》いたが、

「気絶しているところを発見されたのでなければ、だけどね」

と、つけ加えた。

「……気絶？」

「昨日《きのう》の夜、あなたはこの病院に運ばれて治療を受けた後、いつの間にか病室を抜け出して屋上で倒れていたのよ。その記憶はあるかしら？」

そんな場所へ行った覚えなどない。そう言おうとして、正広は思わず言葉を詰まらせた。

昨夜見たあの夢。

あの夢の場所がこの病院の屋上だとしたら？

「心当たりあるのかしら？」

「いや……」

婦長の質問に、正広は少し考えてから首を振った。

まさか妙な格好をした少女に死を告げられ、そのまま倒れてしまった……などと答えられるはずもない。

「……やっぱりね」

「正広ちゃん、なにかの病気なんですか？」

婦長が小さくため息をつくのを見て、香澄が不安そうな表情で尋ねた。

「病気かどうかは、まだ分からないけど……」

そう言うと、婦長は手にしていた書類を捲《めく》り、

「矢部正広くん……だったわね」

と、改めて正面から正広を見つめた。

「明日、あなたには精密検査を受けてもらいます。いいわね？」

「そんな必要ないだろ、俺はなんともないんだから」

「病院側としては、怪我で運ばれた後、自覚もなしに屋上で倒れているような人間を退院させるわけにはいかないのよ」

婦長は子供に言い聞かせるような口調で言うと、書類になにかを書き込み始めた。おそらく精密検査とやらの予定なのだろう。

「んなもん知るかよっ!!　第一……」

「精密検査は明日の午前中に行うから、そのつもりでいてちょうだい」

婦長は正広の言葉を遮るように一方的に必要なことだけを告げると、さっさと病室を出て行ってしまった。

――まったく、この程度のことで入院なんかしていられるかっての。

婦長が立ち去り、香澄も検診があるとか言って部屋から出て行った後。

正広はすぐに病室を抜け出すことにした。

精密検査とやらが具体的にどういうものなのか分からないが、かなりの時間が掛かるであろうことだけは容易に予想できる。

下手《へた》をすると、まだ何日も入院ということになりかねない。

――こんな辛気くさい場所にいつまでもいるなんて御免《ごめん》だぜ。

廊下を歩いていると、辺りからは消毒液と薬の匂いが漂ってくる。この病院独特の雰囲《ふんい》気《き》がたまらなく嫌だった。

それに入院ともなれば、すでに親には連絡が行ってるはずだ。

だとすれば、どうしても母親がやってくることになるだろう。できることなら、それだけは避けたかった。もう顔など合わせたくなどないのだから。

……正広の両親は、この街に引っ越してくる直前に離婚している。

というより、そもそも引っ越すことになった原因がそれなのだ。

両親の間でどういういざこざがあったのか、当時幼かったこともあって、正広は具体的な理由を知らない。ただ分かっているのは、両親が離婚する際、どちらも自分を引き取ることを望んでいなかったということだけだ。

――まったく、ふざけた話だぜ。

このことを思い出すと、正広はいつも腹が立つと同時に悲しくなる。

勝手に生んでおいて、いらないとはどういうことだ？

結局、正広は母親に引き取られることになったが、それ以降は親子らしい会話をしたことがなかった。生きていくのに最低限のことをただ無言でしてくれるだけ。

母親にとって父親との絆《きずな》の証《あかし》であった正広は、その絆がなくなった時点で無用の存在に成り果ててしまったということなのだろう。

実の親子でさえこうなのだ。ましてや他人など、絶対に分かり合えるはずなどない。ならば馴れ合うなど無駄《むだ》なことである。

正広の心には、いつしかそんな考えが芽生え始めていた。

香澄に会った時も、懐かしさは感じたし、もっとゆっくりと昔話をしたいという気持ちも確かにあった。だが、必要以上に関《かか》わるのは避けたかったのだ。

「……こんなところ、さっさと出ていかねぇとな」

正広は気持ちを切り替えるように呟《つぶや》くと、改めて辺りを見まわした。

――非常口はどこにあるんだ？

正面から出て行っては止められる可能性があるので、病院側に知られないようこっそりと抜け出すとしたら非常口からである。

だが、普通は廊下の突き当たりにあるものだが、この病院は歩いても歩いてもその突き当たりに行き着かない。思ったよりも大きな病院のようであった。

——とにかく、歩いていればどこかにぶつかるだろう。

そう考えながら歩き続けていると、ゴツ、ゴツと背後から妙な音が聞こえてきた。

近付いてくる気配に正広が振り返ると、

「おわっ!!」

咄嗟《とっさ》のことに避けることもできず、正広は突っ込んできたなにかにぶつかって、そのまま一緒に床に倒れた。いや倒されたといった方が正しいだろう。

「って、いてえ……おいっ」

床にぶつけた後頭部に手を当てながら、正広はぶつかってきた何者かに向かって叫んだ。

だが、身体の上に馬乗りになっている相手の正体を見て、思わず次の言葉を呑《の》み込んでしまった。

「いてて……」

正広の上でぶつかった衝撃に顔を歪《ゆが》めているのは、子供っぽさを残す少女だったのだ。

一見すると少年のような格好をしているが、小さな胸が自己主張するようにわずかな膨らみをみせていた。

足にはギプス。床には松葉杖《まつばづえ》が転がっている。

先ほどの妙な音は、どうやらこのギプスの音だったようだ。

「むぅ〜、おでこが痛いよぉ」

少女はギプスを着けた足には目もくれず、しきりに額のあたりをさすっている。

どうやら頭からぶつかってきたようだ。

「おい、お前はぶつかってきて謝りもしないのか？」

下手に騒いで注目を集めるわけにも行かず、正広はできるだけ声を抑えて言った。

「あ、あはは……ゴメンね。こより、急に止まれないんだよ。これのせいで」

自らをこよりと呼んだ少女は、ギプスを指さして苦笑いを浮かべる。

「これがなかったら止まれるんだけどなぁ」

——止まれない以前に、ギプスをつけて走る方が問題だろうっ。

正広はジロリとこよりを睨みつけた。

「で？　いつまで俺の上に乗っているつもりだ」

「あ、ごめんごめん。でも、こより、あまり重くないでしょ？」

「いいから、さっさとどいてくれ」

「う、うん……」

身体の上からこよりが退《ど》くと、正広は立ち上がって服についた埃《ほこり》を払った。

こよりはそんな正広を横目で見ながら、足などほとんど気にせず、何事もなかったようにスッと立ち上がった。松葉杖が廊下に転がったままのところを見ると、どうやら必要などなく、ただの飾りらしい。

「……それじゃあな」

正広は短く声を掛けると、こよりに背を向けた。まだ文句を言い足りないような気もしたが、これ以上目立つことは避けたかったのだ。

だが……。

「お兄ちゃん、ちょっと待ってよ」

こよりが背後から、くいっと正広のシャツを引っ張った。

「なんだよ？　俺は忙しいんだがな」

「うっ……もしかして怒ってる？」

「別に怒ってねえよ」

「ほんと、よかったぁ」

「用事は済んだな？　もう行くぞ、じゃあな」

これでようやく解放される、と思った瞬間、再びシャツを引っ張られる。

「ねえねえ、こよりは坂崎《さかざき》こよりっていうんだよ。お兄ちゃんは？」

「……矢部正広だ」

別に名乗る必要などないのだが、正広は早く解放されたい一心でぞんざいに名乗った。

「それじゃ、正広お兄ちゃんだね」

「お前なぁ、もういい加減にしろよ。俺はお前なんかに興味はないんだ」

「ねえねえ、お兄ちゃん。今度さ、こよりと遊んでくれない？」

「はあ？」

脈絡のない言葉に、正広は唖然《あぜん》としてこよりを見つめた。

「なんで俺がお前と遊ばなきゃならないんだ？」

「お前じゃなくて、こよりだよぉ」

こよりは頬を膨らませて抗議してくるが、正広にとって名前などどうでもいい。

――なんで俺が、初対面のガキにこんなことで文句を言われなきゃならないんだ？

「ね、遊んでくれるよね？」

「嫌だね。お前と遊びたくなんかない」

正広はあえてきっぱりと言い放った。

こう言えば、引き下がってくれるかと淡い期待を抱いたのだが……。

「またまたお兄ちゃん、冗談ばっかり」

こよりはまったく堪《こた》えない様子で、あははっと笑った。

「お前、いい加減に……」

正広がキレそうになった瞬間、さすがにその雰囲気を感じたのか、こよりは立っている場所からピョンと一歩飛び退《の》いた。

「お兄ちゃん、今度一緒に遊ぼうねーっ。絶対約束だよーっ」

こよりはそう言って満面の笑みを浮かべると、転がっていた松葉杖を拾い、そのままギプスをゴツゴツと響かせて走り去ってしまった。

正広は脱力したようにその姿を見送る。

――だから、誰がそんな約束をしたんだよ？

夜――。
正広は病室に備えつけられている時計を見上げ、十時半になるのを確認してベッドから腰を上げた。病院の消灯は十時。すでに廊下の電気も消されている頃だ。

――そろそろいいだろう。

そっと病室のドアを開けて廊下を覗くと、わずかに足下を照らすライトと非常灯を残し、電灯はすべて消されている。消灯直後なら看護婦の見まわりもあるだろうが、三十分も経てばそれも一段落するはずだった。

抜け出すなら今がチャンスだ。

結局、昼間はこよりとかいう少女に邪魔をされてしまい、病院を抜け出すタイミングを逸《いっ》してしまった。今度は消灯後に仕切り直しというわけである。

正広はできるだけ音を立てないようにして病室から廊下へと出た。普通の入院患者と違い、身の回りの荷物などないので身軽なものだ。

廊下に出ると、淡い緑色の非常口への誘導灯には従わず、その逆を歩いて一階への階段を下りる。昼間に歩きまわった時、非常口付近には自販機や喫煙所《きつえんじょ》があり、かえって目立つ恐れがあることを知ったのだ。

そこで、正広は一階に降りると素早くトイレに入った。ここの窓からなら、病院の中庭に出られるのだ。外にさえ出てしまえば、敷地から抜け出すなど簡単なことである。

トイレの窓によじのぼると、正広はそっと中庭を見まわした。

中庭はいくつもの病棟に囲まれる格好になっているが、この時間に中庭に目を向ける者はいないだろう。

「よし、大丈夫だな」

中庭に人の気配がないことを確認すると、正広は窓から身を乗り出した。窓枠が小さいので少し身体を斜めにしてくぐり抜けようとした途端、くるりと辺りの景色が回転した。

「うわっ‼」

危ないっ、と思った瞬間にはバランスを崩し、正広はトイレの窓から落下していた。辛《かろ》うじて正面から落ち、手足を使ってなんとか衝撃を和《やわ》らげるのが精一杯であった。

「……くそっ‼　痛てぇ」

和らげたといっても、一メートルほどの高さから落ちたのだ。衝撃をすべて殺しきれるはずもなく、両の手足がビリビリと痺《しび》れている。

——と、とにかくここを離れないと。

落下の痛みに耐えて、なんとか立ち上がろうとした時。

「え……」

自分の身体の下に見知らぬ少女が倒れていることを知って、正広は驚いてしまった。

——な、なんでこんなところに？

ぶつかったことにすら気付かなかったが、どうやら正広が落下する際に押し倒してしまったらしい。幸い四《よ》つん這《ば》いで落ちたために押し潰《つぶ》すことは避けられたようだが……。

組み敷かれた格好になった少女は、声を上げるわけでもなく、ただ正広の顔をジッと冷

# 第一章　再会と出会い

静《しず》かな瞳《ひとみ》で見つめている。

その瞳に魅入られるかのように、正広はしばらく動くことができなかった。

少女は正広よりは少し年下だろうか……。辺りが暗くてはっきりとは分からなかったが、かなり整った顔立ちをしているようだ。

ただ、無表情でまるで生気のない瞳が気になった。

「……あっ」

ジッと少女を見つめていた正広は、今の状況に気付いて思わずハッとした。

考えようによってはかなり危険な体勢だ。まだ相手も放心しているようで言葉を失っているが、急に我《われ》にかえって大声でも上げられたら大変なことになってしまう。

「お、おい……大丈夫か？」

「……………………」

「どこも怪我してないよな？」

正広が声を掛けても、驚きのあまり声が出ないのだろうか、少女は無言のまま答えようとしない。

——だったら、この隙《すき》に逃げ出すべきだ。

そう決断した正広が、少女から離れて立ち上がろうとした時。

「どうして心配なんかするんですか？」

真下から、か細い少女の声が聞こえてきた。

「え、いや……だって普通は心配するだろう」

「嘘《うそ》。面倒なことになりたくないから、心配をするふりをしているだけなんでしょ？」

突き放すような少女の言葉に、正広は唖然としてしまった。

――なんだ、この女？

少なくともこんな状況で返すような返事ではない。

「なんだと⁉　どういう意味だっ」

正広が声を荒らげても、少女はまったく動揺せず、感情のない瞳で見つめ続けるだけだ。

その時――。

「おーい、沙耶《さや》ーっ、どこ行っちゃったの？」

中庭の反対側から女の子の声が聞こえてきた。

「チッ……」

考えてみれば今はそれどころではない。こんな女にかまっている暇などないのだ。正広は、相変わらずジッと自分を見つめたままの少女から離れた。

「沙耶、そこにいるの？」

正広たちを小さな光が照らし出す。

――面倒なことになったな。

こうなってしまった以上、下手に逃げ出すこともできない。

どうやってこの場を誤魔化すかを考えていると、懐中電灯を持った少女が正広たちの側《そば》へと駆け寄ってきた。

「やっと見つけた。沙耶、心配したんだからね」

やってきた少女は正広に目もくれず、まだ仰向《あおむ》けに寝転がったままの少女に声を掛ける。

どうやら、この変わった少女は沙耶というらしい。

「って、沙耶？　あんたなにしてるの？　こんなところに寝ころんで」

「なんでもない」

沙耶と呼ばれた少女は、そう言ってゆっくりと立ち上がった。

「もう、心配掛けないでよね。アタシが席を外した隙にどこかへ行っちゃうなんて。いくら病院の中だからって、なにがあるか分からないんだから」

「ごめんなさい……真綾《まあや》ちゃん」

沙耶は、真綾と呼ぶ少女に窘《たしな》められると、どこか悲しげな表情を浮かべた。

「……ところで、あなた誰？」

逃げ出す機会を窺っていた正広は、真綾に見据《みす》えられて動けなくなった。

「いや、俺は……」

「もしてかして、今まで沙耶と一緒だったの？」

「べ、別に変なことをしようとしていたんじゃなくてだな……その……」

そう言い訳の言葉を口にしながら、正広は自分の口下手さに呆《あき》れてしまった。これでは自分から怪しい者だと言っているようなものだ。

「ふうん、なるほど……」

真綾が意味ありげな口調で呟く。

——これは逃げ出すしかないな。

正広がそう覚悟を決めた時、真綾は意外にもニンマリとした笑みを浮かべながら、肘《ひじ》で沙耶の身体を軽くつついた。

「沙耶も隅に置けないねぇ、このこのっ」

「へ？」

正広は真綾の行動の意味が分からず首をひねった。無表情で分かりにくいが、どうやら沙耶も困惑しているようだ。

「まさか沙耶にこんな彼氏がいるとはね。それでこんなところで逢《あ》い引《び》きなんて、うらやましいわね」

「…………………」

正広は唖然として真綾を見つめた。

一体、どう考えたらその結論に辿《たど》り着くのだろう。

「ち、ちょっと待ってくれよ。俺はそんなんじゃなくて……」

「別に照れることないよ」

「真綾ちゃん」

沙耶は真綾に対してふるふると首を振って見せた。

「え、違うの？　じゃあ、まだお友達か。それでもすごいじゃない」

「おい、だから俺は……」

まだ勘違いしている真綾に説明しようと正広は口を開き掛けたが、

「アタシ、東堂《とうどう》真綾っていうの。沙耶の親友よ。よろしくね」

と、彼女はそれを遮るようにして右手を差し出してきた。

「いや……だから……」

「ほら、握手握手。それともアタシと握手したくないの？」

「そういう問題じゃないっ」

「もう、焦《じ》れったいわね」

真綾は正広の腕を掴《つか》んで無理やり手を握ると、よろしく……と、そのままぶんぶんと上下に振った。あくまで自分勝手な奴だが、あまり嫌味には感じられない。

「で、キミの名前は？」

「……矢部正広だ」

その場の雰囲気で、正広は仕方なく名乗る羽目になった。

「正広くん……か。それでさ、沙耶とはいつから知り合いなの？　どうやって知り合ったのかも聞きたいな」

「だから友達とか言われても、そいつとはさっき初めて会ったばかりだ」

「へ……？　ついさっき会ったばかり？」

ようやく話が変だということに気付いたらしく、真綾は説明を求めて沙耶に顔を向けた。

「だから……違うって言ってるのに」

さすがに呆れているのか、沙耶は目を伏せながら答えた。

「それじゃ、アタシの勘違い？　あはは、ゴメンゴメン。こんなところでふたりきりでいたから、てっきりね」

真綾は悪びれずに笑いながらそう言うと、改めて自己紹介ね……と、沙耶の身体を正広の方へと押し出してきた。

「いや、俺、これから用事があるから……」

これ以上話が長引くと面倒なことになる。

正広はなんとかこの場から立ち去ろうとしたのだが、真綾がそれを許さなかった。

「この子は人見知りでさ、いい機会だから。ほら……沙耶」

真綾は沙耶の肩を叩いて自己紹介を促した。

だが、沙耶はジッと正広を睨みつけるだけで、まったく口を開こうとしない。

「なによ、さっきまでふたりで話してたんじゃないの？」

真綾が呆れたように正広と沙耶を交互に見る。

——うっ、まずい。

正広は内心焦ったが、沙耶は無言のままだ。どうやらさっきのことを喋るつもりはないようだが、かえって彼女がなにを考えているのか分からなくなってしまった。

「はあ、仕方ないわね。この子、真柴《ましば》沙耶っていうの。よろしくね」

代わって真綾が沙耶の紹介をしたが、よろしくね……と言われても、正広はこれから病院を抜け出すつもりでいるのだから、もう顔を合わせることもないだろう。

「ゴメンね。この子、本当に人見知りするから。でも、悪い子じゃないのよ。だから、これからも仲よくしてね」

「あ、ああ……」

正広が曖昧《あいまい》に頷き返すと、真綾は満面の笑みを浮かべた。

「それじゃ、そろそろ見まわりがくる頃だし、アタシたちは帰るね」

そう言い残すと、真綾は沙耶と共に病棟の方へと戻って行く。

その姿を見送りながら、正広はホッと息をついた。とにかく、これでようやくこの場を離れることができる。

「さて……」

中庭から病院の敷地の外へと向かおうとした正広は、ふと中庭を囲むようにして立っている病棟を見上げた。トイレから出た時にはほとんど明かりがついていなかった病室のいくつかに明かりが灯《とも》っており、何人かが窓からこちらを見下ろす姿が見える。

「……これじゃ、逃げられないじゃないか」

こんな時間に中庭にいる正広たちを不審に思った者がいたのだろう。見られているということは、おそらくすでにナースステーションにも連絡が行っているはずだ。

――ヘタに捕まって動けなくなるより、ここは素直に戻った方がいいな。

正広は思わずため息をつきながら、渋々病棟の方へと戻り始めた。


「ったく……面倒くさいことになったな」

ぶつぶつと呟きながら、正広は重い足取りで自分の病室へと歩いていた。

結局、病院を抜け出すことができず、精密検査とやらを受けなければならないことになってしまった。どうもここへきてから調子の狂うことばかりだ。

「まったく俺らしくないよな。最近おかしいぜ。変な夢は見るし……」

ひとりごちながら、正広はふと昨夜に見た夢のことを思い出した。

——夢、か。

正広は何気なく廊下の窓から見える屋上を見上げた。病棟がコの字型に建《た》てられているので、場所によっては反対側の屋上の様子を見ることができるのだ。

——昨日のあれ……本当に夢だったのかな？

夢にしては妙にリアルだったし、記憶にはないが屋上に倒れていたという証拠まである。

だとしたら、あいつは一体何者だったんだろう？

黒装束《くろしょうぞく》に大きな鎌《かま》を持った少女……。

どう考えても、実際に存在するとは思えない。

そんなことを考えながら屋上を見つめていると、月明かりがそこにひとつの小さな影を照らし出した。

「……っ⁉　な、まさか……」

正広のいる廊下から屋上まではかなりの距離があり、はっきりと確認できたわけではなかったが、あの奇妙な姿を見間違えるはずがない。

正広が疑いを持つよりも先に、身体の方が勝手に駆け出し始めていた。


バタンッ‼

重い金属製のドアを開けて屋上へと出ると、正広は辺りを見まわした。

途端、ふわりと目の前を白い花びらが舞う。

その花びらが落ちてくる場所を探して振り返ると、今出てきた建物に戻るためのドアがある場所。あの……夢と同じ場所に小さな少女が立っていた。

「……っ‼」

正広はその少女の姿を見て、思わず息を呑んだ。

間違いない。白い花びらがちらちらと舞い散る中、昨夜と同じように、黒装束の少女が月を背にしてジッと正広を見下ろしていた。

——夢じゃ……なかったのか⁉

昨夜のことがすべて現実のものだと分かった途端、正広は自分の身体が震え始めていることを自覚していた。

怖《こわ》い……。

この少女に見つめられていると、どうしようもない恐怖が込み上げてくる。

すべての生き物が純粋に「死」を恐れるような、理屈を超えた本能から来る怖さだ。

「クッ……」

正広は震え出す身体を必死になって押さえ込んだ。この黒装束の少女が実在するならば、どうしても知りたいことがあった。

「お、おい……」

まるで見えない力で押さえつけられているような感覚に必死で抗《あらが》いながら、正広は少女に声を掛けた。

「き、昨日の言葉……どういう意味なんだ？」

その声が少女に届いたのか、それともそう見えただけか。少女の正広を見据えている眼《まな》差《ざ》しが少しだけ揺らいだような気がした。

「おい、聞こえているんだろ？　昨日言った言葉の意味を教えて……」

そこまで言ったところで、少女は手にしていた重々しい鎌をいとも簡単に振り切った。

辺りの空気が裂かれ、まるでそれが合図であったかのように、正広は言葉を発することができなくなった。

昨夜とまったく同じだ。得体のしれない恐怖がじわじわと身体を侵食していくようで、気を抜けば声にならない悲鳴を上げてしまいそうであった。

「……そろそろだな」

少女がなにかを推《お》し量《はか》るように呟いた瞬間、恐怖とは違う直接的なものに襲われ、正広は咄嗟にその場にうずくまった。

「ぐっ……」

身体がまったく動かない。

動かそうとしても、その意志が神経にまるで伝わらないかのようだ。息すら満足にできない状況の中で、正広は次第に全身を襲っているものの正体を悟り始めていた。

それは今までに体験したことのないような激痛だ。

あまりにも強烈なので、すぐには痛みと分からなかったほどである。

「ぐ……ぐぁ」

正広は呻《うめ》き声を上げた。

原因の分からない痛みは間断なく全身を襲ってくる。それでも頭だけは不思議なほどに冷静で、今の自分の身に起こっている事態を把握《はあく》し、ひとつの結論を導き出した。

それは、これが死に至る痛みである……ということだ。

「……ふん」

うずくまっている正広の前に、少女が音もなく降り立った。だが、正広はもう顔を上げて少女の顔を見ることすらできなかった。

「がっ……ぐっ……」

「死を恐れるのなら、何故ボクが言ったことを実行しなかったんだ？」

少女が静かに言う。

「よもやキミが他《ほか》の人間のことを思いやるとも思えないが」

——なにを言ってるんだ？　言ったことを実行？

少女の言葉の意味が分からなかった。その疑問を口にしようとしても、言葉を発することさえままならない。正広は辛うじて首を振ると、なんとか少女に意志を伝えようとした。その行為だけでも身体中が軋《きし》むほどの激痛が走る。

「……ん？」

少女はなんらかの異変を感じ取ったのか、目を細めて正広を見つめる。

「もしかして、覚えていないのか？」

その言葉になんとか頷こうとしたが、正広にはもうその『力』も残っていなかった。気を抜くと途絶えてしまいそうな意識を維持するので精一杯であった。

だが、それでも意志を伝えることには成功したらしい。

少女は少し早足で近付いてくると、うずくまっている正広の襟元《えりもと》を掴んで強引に引き寄せ、いきなり唇を重ねてきた。

——えっ？

なにが起こったのか、正広には咄嗟に理解できなかった。

柔らかい感触が唇に触れると同時に少女の舌が口の中に入ってきて、その幼い外見からは想像もできないほど激しく正広の舌を絡め取る。

舌と舌が絡み合う水っぽい音が鼓膜《こまく》に届いた途端、少女が不意に唇を離した。

「は、はあっ……」

少女が襟元を掴んでいた手を離すと、正広はその場に崩れるように腰を落とした。

と、同時にあることに気付く。さっきまであれほど自分を苦しめていた痛みが、まるで嘘のように消えてしまっているのだ。

「……仕方ない。もう一度だけ説明してあげるよ」

少女は戸惑う正広を無視して不意に口を開いた。

「ボクは死神だ」

「しにがみ？」

言葉自体は理解できるが、あまりにも唐突過ぎて、それを口にする少女とのギャップに思考がついていかない。そんな正広に構わず、少女は更に言葉を重ねた。

「キミに死を告げるためにここにやってきた」

そのことは覚えている。確かに昨日、正広はこの少女に死を告げられたのだ。

「……俺に死を？　でも……助けてくれたんだろう？」

正広を死の間際まで追い込んでいた痛みを打ち消したのは、間違いなくこの少女のキスだったはずだ。

「ボクはキミに生《い》き延《の》びるチャンスを与えに来たんだ」

「……どういうことだ？」

一般に死神とは死者を迎えに来るというイメージがある。

少女はそのイメージ通り、正広に死を告げに来た。そこまでは理解できるのだが、生き延びるチャンスを与えるというのが分からない。

「死神って人を殺す者じゃないのか？」

「それは違う」

正広の質問に、死神の少女はあっさりと否定の言葉を口にした。

「ボクにできるのは、人の魂を無に帰すことだけだ」

「無に……帰す……？」

具体的にどういうことを指すのかよく分からないが、少なくとも正広を助けた彼女の行為は、本来の役目とは違うようだ。

「世の中には知らなくてもいいことがあるってことさ」

正広がそのことを質問すると、死神の少女は不愉快そうな表情を浮かべた。

すべてが信じられないような話の連続だったが、正広は何故か少女が死神であるということをまったく疑わなかった。少なくともさっきの痛みは夢ではなかったし、それを少女が打ち消してくれたのが事実である以上、信じざるを得なかったのだ。

ひとつ不思議なことは、対峙《たいじ》した当初はあれほど恐怖を感じていたというのに、それがいつの間にかなくなっているということである。

死神といえども、人間とあまり違いがないことを知ったせいだろうか。

「もう一度しか言わないから、しっかり聞いておくんだね。キミに自殺願望があるのなら、別にその必要もないけど」

　ぼんやりと様々なことに思いを巡らせていた正広は、少女の言葉にハッと我に返った。

「あ、ああ……続けてくれ」

　とにかく、今は話を聞いておいた方がいい。正広は少女の言葉に集中した。

「キミが生き延びるためにすることは至極簡単だ。他の誰かから『生』を吸い取ればいい」

「せい？」

「人間だけじゃなくて、生物は『生』を使いながら生きている。もちろん『生』がなくなれば死ぬ」

「つまり、俺にはその『生』が残り少ないから、他の誰かから吸い取れ……ってことか？」

「キミが生き延びたいならね」

「……で、その『生』を吸い取るのは、どうやるんだ？」

　正広はそう質問しながら、さっき少女が助けてくれた時の方法から、漠然《ばくぜん》とキスによってではないだろうか……と考えていた。

　だが、少女の口から飛び出してきたのは、ある意味それ以上の方法であった。

「セックスだ」

「なっ……せっ……」

正広は思わず言葉を詰まらせてしまった。

いくら死神とはいえ、こんな小さい子供の姿をしている相手から、「セックス」という単語を聞かされて思考が停止してしまったのだ。

「セックスじゃ分からないのか？」

「い、いや……分かるけどよ」

こう堂々と言われたのでは、動揺している自分の方がおかしいような気さえしてくる。

「相手は誰でもいいから、とにかくセックスをして毎日『生』を吸い取るんだ」

そして……と、死神の少女はいったん言葉を切るとゆっくり空を見上げた。

そこには満月に近い月が浮かんでいる。

「あの月がすべて欠けるまで『生』を吸い取り続ければ、キミは死から解放される」

「それは分かったけど……」

正広は戸惑ったように言葉を濁した。

毎日のように「生」を吸い取るとなると色々と問題が出てくる。これが一回や二回なら金で解決すればいい。できることならしたくないが、あの痛みのことを考えるとレイプだって辞《じ》さないだろう。

だが、夜空の月がすべて欠けるまでには十日以上ある。

それだけの回数を金で解決するなど無理だし、ましてや手当たり次第に女を犯していけば、最後の日がくる前に檻《おり》の中ということさえあり得るのだ。

「だから、キミに『力』を与えたんだ」

死神の少女は、正広の思考を読みとったかのように言った。

「キミには誰とでも簡単にセックスできる『力』を与えてある」

「誰とでも簡単にって……そんな、馬鹿《ばか》な」

「信じたくないのなら、自分の力で頑張ればいいさ。でもキミは、昨夜ボクと出会った時の記憶をなくしているんだろう？」

「あ、ああ……」

正広は素直に頷いた。

「どうやらキミの記憶は、『力』を与えた時の衝撃で消されたんだと思う。キミがいきなり倒れたから、少しおかしいとは思っていたんだが……」

つまり、記憶をなくしていること自体が『力』を得た証拠というわけらしい。同時に正広は、昨夜、どうして自分が屋上に倒れていたのかという理由を理解した。

「キミが記憶を失ってしまったことに気付かなかったのはボクの失敗だった。だから、今回だけは助けたんだ」

「…………………」

なんだか一度に色々なことを聞いて、頭が混乱してしまいそうだった。

そんな正広を余所《よそ》に、死神の少女は更に言葉を続ける。

「もう、ボクは助けないから、明日からキミ自身でどうにかするんだ」

「ああ……って、なあ、その『力』ってどうやって使うんだよ？」

『力』があっても使用方法が分からないのでは、なんの役にも立たない。

「月が出ている時間に、相手がいる場所でキミが望めばそれで使ったことになる」

「……そんなに簡単なのか？」

「だから言っただろう。簡単にセックスができる『力』だと」

「まあ……そりゃそうだけど、それだけで……」

そう言い掛けて、正広は言葉を途切らせた。

――いや、考えないでおこう。

そうでもしなければ、この状況自体が不可解過ぎて頭がおかしくなってしまいそうだ。

死神の少女はいくつかの注意事項を述べると、ふわりと浮かび上がるように給水塔《きゅうすいとう》の上へとジャンプした。まるで話は終わりだと言わんばかりである。

「そうそう、ひとつ言い忘れていたよ」

死神の少女は給水塔の上で正広を振り返った。

「な、なんだ？」

「キミが吸い取る相手にも『生』の限界がある。それを越えると……」

「……死んでしまうのか？」

正広の答えに、死神の少女はイエスともノーとも言わずに目を閉じた。

「人の死は本来たやすく変えられるものではないし、ボクも決められたものしか無に帰さない。それをよく覚えておいてくれ」

そう言って背中を向けると、死神の少女は今度こそ立ち去ろうとした。

「おい、ちょっと待てよっ、お前の名前は？」

正広は慌てて声を掛けた。

もっと他に訊《き》くべきことがあるはずなのに、正広は気付くと少女の名を尋ねていた。

「なんで、ボクの名前なんか知りたいんだい？」

「それは……」

自分でもよく分からなかったが、どうしてもこの少女の名前を聞いておきたかったのだ。

「どうせ、また会えるんだろう？　なら、名前くらい聞かせてくれてもいいじゃないか」

死神の少女は少し思案顔になると、

「……エアリオ」

と、小さく言った。

「エアリオと呼んでくれればいい」

「エアリオ……分かった。じゃあ、またな」

「……ふん」

不愉快そうに鼻を鳴らすと、エアリオはそのままふわりと浮かんで、その黒いマントごと夜の闇《やみ》に溶けていった。

エアリオが消えていった闇から、一枚の白い花びらがひらひらと舞い降りてきた。

# 第二章　生を得ること

「ーったく、なんなんだよっ」

正広はぶつぶつと文句を言いながら、病院の廊下《ろうか》をひとり歩いていた。

入院して二日目。予定通り精密検査が行われたのだが、病院側も具体的になにを調べるのか見当もつかないらしく、検査項目は多岐《たき》に及んだ。

CTスキャンから、心電図、脳波測定……等々。

正広は朝から病院の中をたらいまわしにされていたのである。

そのあげく下された診断は原因不明の記憶喪失。医者も数々の検査結果を前にして、しきりと首をひねり続けていた。

正広はそんな様子を見て、

——あたりまえだろうな。

と、密《ひそ》かに苦笑した。どこも悪くはないのだから、なにも異常が見つからないのは当然である。そもそも精密検査を受けることになった理由が、エアリオのせいで屋上に倒れていた件なのだから……。

「はあ……」

正広は足を止めると、廊下の窓から空を見上げた。頭をよぎるのは、生き残るためには「生」を吸い取らなければならない……という、エアリオと名乗った死神少女の言葉。

それはいい。吸い取り過ぎることさえしなければ、別に相手を殺すわけではないのだ。

だが、その方法が問題なのである。

エアリオは「セックスだ」と簡単に言ったが、普通の感覚からすればどうしても怯《ひる》んでしまう。確かに『力』をくれたと言っていたから、セックスすること自体は簡単なのだろう。

問題はその相手だ。見ず知らずの女の子に『力』を使うのはなんとなく気が引けるし、かといって特定の彼女がいるわけでもない。

……だとすると、残された手段はひとつしかなかった。

「勘弁してくれよ……」

一瞬、頭をよぎった相手のことを考え、正広はがっくりとうなだれた。

——香澄に頼るしかないのかよ？

もちろん、正広としては香澄を相手にできれば文句ない。久しぶりに再会した香澄は、昔の面影こそ残っていたが、魅力ある女性へと変貌《へんぼう》していたのだから。

「でもなぁ……」

エアリオの説明だと、『力』を使った相手はセックスしたこと自体を忘れてしまうらしい。

だが、正広自身はそう簡単には割り切ることはできなかった。

いくら幼馴染《おさななじ》みだとはいえ、まるで騙《だま》すような手口で抱くのはやっぱり気が引けてしまうのだ。ましてや香澄が初めてだったら……などと考えると尚更《なおさら》である。

そういう意味では今回の病院側が出した最終結論——このまま入院しての再検査——

は、正広にとっては好都合であったかもしれない。特定の彼女がいない……というより、まったく女っ気のない日常に戻るよりも、まだ顔見知り程度にしか過ぎないが、多少なりとも女の子のいる病院の方がなにかと都合がいいのは確かなのだ。

「あー、やめやめっ」

正広は思わず頭を振って、いつまでも結論の出ない考えを振り払った。

どうもマジメに考えること自体が不向きのようだ。すべては、その時になって考えればいいことだ。どうにかなるだろう。それよりも、これからどうするかの方が問題だ。

さすがに「生」を吸い取るための行動は昼間のうちはできない。だとすると、病院など暇で仕方のない場所でしかないのである。

——病院で簡単に時間を潰《つぶ》すとなれば。

正広は少しの間あれこれと考えたが、思いついたのはごく平凡なものでしかなかった。

病院構内の散歩である。

ぶらぶらと歩きながら、正広は昨夜脱走に失敗した中庭までやってきた。

病室でジッと寝ているよりはましだろうと思ったのだが……。

人気がなさそうに見えた中庭には、多くの入院患者の姿があった。誰《だれ》もが心地よい天気につられて日光浴にやってきているのだろう。

――なんか、ジジくさいな。

自分のことは棚に上げて、正広は辺りの芝生やベンチを見まわした。

空いている場所も所々あるにはあるが、下手《へた》に爺《じい》さんの隣にでも座って話し掛けられでもしたら面倒なことになる。

――他の場所に行くか。

そう思って引き返そうとした時。中庭の隅にある樹々の下から、懸命《けんめい》に手を振っている人影が見えた。どうやら香澄のようだ。

「あいつ、なにやっているんだ？」

手の振り方が大きく手招きしているように見えるのは、おそらく正広を呼んでいるのだろう。なにか用事でもあるのかな？と、正広は香澄の元へ足を向けた。

「呼んだか？」

正広は木陰《こかげ》に座り込んでいる香澄の近くまで来て尋ねたが、

「んふふふ」

香澄は返事をせずに、満面の笑みを浮かべて正広を見つめている。

「だから、俺《おれ》を呼んだのかって訊《き》いているんだ」

「んふふふ」

――やって来たのは失敗だったな。

香澄がこんな笑顔を浮かべるのは、必ずなにかを企んでいる時だったはずだ。

「あのなぁ、俺はお前につき合うほど暇じゃないんだ。用事があるならさっさと言え。じゃないと行くぞ」

そう言って正広が背を向けようとすると、

「んふふー」

香澄はにんまりと笑ったまま、自分の座っている横の芝生をポンポンと叩《たた》いた。

「そこに座れってことか？」

正広が尋ねると、香澄はうんうんと頷《うなず》く。

「分かったよ。座ればいいんだろう」

なにを企んでいるのか知らないが、正広は黙って従うことにした。香澄には暇ではないと言ったが、実際のところ他《ほか》にやることもない。話をしようというのなら、それはそれでいいかと思ったのだ。

指示通りに芝生の上に腰を下ろすと、香澄は正広の肩を掴《つか》んで少し自分に背を向けさせるような体勢を取らせる。

「って、おい……なにしてるんだよ？」

背中に隠れてしまった香澄に、正広は首をひねって問い掛ける。途端、背中にふわっとした重みを感じた。香澄が正広の背中にもたれ掛かってきたのだ。

「あは、作戦成功」

「……なにしてるんだよ？」

「こうして座った方がなんかいいでしょう」

香澄は頭を正広の背中に押しつけながら笑った。

「なにがいいんだよ？　重いから早くどけよ」

正広はそう言って、もたれている香澄を無視して立ち上がろうとした。

「あーっ、動いちゃダメだよ。そんなことしたら、あたしはこのまま転んで頭を打って意識不明になるからね」

「もう、勝手にしてくれ」

駄々《だだ》をこねられると面倒だ。正広は諦《あきら》めて、芝生の上に座り直した。

「ふー、らくちんらくちん。なんかいいよねー、こういうのって」

「俺は背中が重いだけだけどな」

「むうー、そういうこと言わないでよ。これでも気にしているんだから」

香澄は甘えるように、正広の背中にぐりぐり頭を押しつけてくる。

「ねえ、正広ちゃん」

頬《ほお》を押しつけているらしく、背中に香澄の声が振動となって響いてくる。それは香澄がすぐ側《そば》にいることを、改めて実感させるようであった。

「正広ちゃんの背中……大きくなっちゃったね」

「そりゃ、俺だってガキのままじゃないからな」

「小さい頃《ころ》にも、こうして座ったことあったよね」

「そうだったか？」

正広が首を傾《かし》げると、香澄は覚えてないの？と不機嫌そうな声を上げた。

「その時、正広ちゃんは恥ずかしがって、走って行っちゃったのよ。あたし、転んじゃって、とっても痛かったんだからね」

「同じようにしてやろうか？」

「そしたら、今度は泣きわめいてやるんだから」

「……分かった、冗談だ」

「よろしい」

香澄が満足気に頷く様子を背中に感じながら、正広はハーッとため息をついた。

——俺は一体、なにをやってるんだよ？

ついこの前までは、他人と関《かか》わるのを拒否し、触れられることさえ避け続けてきたというのに。今の自分はそれを根底から覆《くつがえ》すようなことをしているのだ。いくら相手が幼馴染みだとはいえ、これはこれでいいかも……と思っている自分が信じられなかった。

——どうも香澄と一緒にいると、調子が狂ってしまうな。

「気持ちいいね」

背中越しに、本当に気持ちよさそうな香澄の声が聞こえてくる。

「なんか眠くなってきちゃった」

「お、おいっ、寝るなよ」

正広は慌てて言った。

香澄の性格を考えると、本当にこの体勢のまま寝てしまいかねない。

「だって……正広ちゃんの背中、とっても温《あたた》かいんだもん」

「寝たら、このまま放って行くぞ」

「そんなことしたら……許さない……んだから……」

香澄の声が徐々に小さくなる。

「お、おい……香澄」

「すー、すー」

正広がもう一度呼び掛けた時、返事の代わりに気持ちよさそうな寝息が聞こえてきた。

——勘弁してくれよ。

正広の前だと香澄はやりたい放題だ。まるでどんなわがままを言っても、絶対に受け入れてくれると信じ切っているかのようである。

このまま放っていってやろうかとも思ったが、実際にはそんなことができるはずもなく、正広は肩越しに眠っている香澄の顔を覗《のぞ》いてみた。

肩越しでちゃんと正面から見ることはできなかったが、香澄の安心した寝顔が正広に懐かしさを感じさせていた。

夕方——。

正広はエアリオと出会った屋上へ上がってくると、四方に巡らされた金網にもたれ、ポケットから買ってきたばかりの煙草《たばこ》とライターを取り出した。箱から一本取り出すと、口に咥《くわ》えて火を点《つ》ける。

普段は煙草を咥えている姿が嫌いでほとんど吸わないのだが、あまりにも時間を持てあましていると、少しでも間が持つものが欲しくなるのだ。

入院して煙草を吸い始めるのも妙な話だな……と、正広は苦笑した。

「死から逃れようとするくせに自ら死に歩み寄る」

誰もいないはずの屋上に、不意に声が響いた。

「エアリオか？」

正広が問い掛けた瞬間、どこからともなく一枚の花びらが落ちてくる。そして、それを追うようにして、ふわりと黒い影が舞い降りてきた。

「なんだか、ボクには矛盾した行動のように思えるんだが？」

「……人の勝手だろ」

「ボクはキミが死なないように助言しているつもりなんだけどね」

「いいじゃないか。人間にはストレスとか色々あるんだよ」

正広はそう言って煙草の灰を落とした。

「よく分からないが……そんなものか。ボクには理解できないけど」

エアリオは困惑したように言う。正広も死神に理解してもらうつもりなどなかった。

「なあ、エアリオ」

「なんだい？」

いつもそうだが、質問したいことは色々とあるくせに、本人を目の前にするとなにから訊いていいのか分からなくなってしまう。とりあえず、正広は一番知りたいことを尋ねた。

「お前はいったいなんなんだ？」

「ボクは死神だ。前にも言ったと思うけど？」

「あ、いや……死神だっていうことは分かってる。なんで俺を助けてくれるんだ？」

「ボクは別にキミを助けに来たわけじゃない」

エアリオはそっとため息をつく。

「生《い》き延《の》びるチャンスを与えに来たに過ぎないんだ。そこから先はキミの問題だ」

「それって、助けてくれてるんじゃないか？」

「違うね」

エアリオは断定するように言い切った。そのあまりにも強い否定の言葉に、正広は思わず怯んでしまったほどだ。

「キミの問題だと言っただろう。キミは今試されているんだ」

「誰にだ？　お前にか？」

「ボクじゃない。誰だろうね、ボクはただの死神だからその辺のことはよく分からない」

それは、つまりエアリオの上に誰か違う存在がいるということだろうか？

正広は煙草を屋上の床で揉《も》み消《け》しながら、違う質問をしてみた。

「じゃあ、試されてるって言ったよな？　俺のなにを試しているんだ？」

「キミの今の状況そのものが試されているのさ」

「試し終わった後は？」

「どうする、と言われてもね。キミが死んだらそれまでだ」

エアリオはわずかに肩をすくめると、あたりまえだろうという顔で正広を見つめる。

「お前……もしかして最後には俺のことを殺すんじゃないだろうな？」

なにを試されているのか知らないが、それに対して正広が失敗するようなことがあったら、たとえ生き延びていたとしても殺されるのではないだろうか？

「それはない。ボクにはキミを殺すなんてできないからね」

正広が想像した最悪の予想を、エアリオはあっさりと否定した。

「だけど、お前……死神だろ？」

「確かにボクは死神だけど、別に人を殺して歩いているわけじゃない。キミは……少し勘違いしているようだな」

エアリオは苦笑するように、かすかに顔を歪《ゆが》める。

「死神はキミたちが思っているような存在ではないんだ」

「じゃあ、どういうものだ？」

「昨日《きのう》も言ったけど、ボクは死んでしまった魂を無に帰すことしかできないんだ」

そういえば確かにそんなことを聞いたような気がする。昨日は自分の命が掛かっていたので、じっくりと言葉の意味を考える余裕がなかったのだ。

「だからキミが死ねば無に帰すけど、死ななければなにもしないよ」

「つまり……お前に殺されることはないわけだ？」

「まあ、そういうことになるね」

エアリオは小さく頷いた。

どうやら正広が抱いていた死神のイメージとはだいぶ違うようだ。第一、死神がこんな小さな女の子の姿をしていること自体、想像の範疇外《はんちゅうがい》である。

「ボクはキミたちが幻想で作り出したものの中から、一番近い言葉を使わせてもらっているだけだからね。キミたちも『死神』と言われると納得できるだろう」

まるで正広の心を読んだように、エアリオはそう言って説明した。

「じゃあ、お前は正確には死神ではないんだな？」

「さあ……どうなんだろうね。ボクも結局のところ雇われ者みたいなものだからね。なにも考えずに、やるべきことをしているだけだ」

「雇われ者？」

意外な言葉を聞いて、正広は思わず眉根《まゆね》を寄せた。死神が誰かに雇われているということに、なんとなく違和感を感じたのだ。

「誰に雇われているのか分からないけど、これがボクの仕事らしいし、それをしなきゃボクが存在している意味がないからね」

「よく分からないが……エアリオも色々と大変なんだな」

実際には違うのかもしれないが、なんだか仕事以外に存在価値を見出せないというのは悲しいことのような気がした。

「大変？　別にあたりまえのことをしているだけだが」

「そうかもしれないけど、俺がお前の立場だったらそんなふうには答えられないだろうな」

「ボクよりも、キミの方が大変だと思うけどね」

エアリオは呟《つぶや》くように言うと、そのまま暮れかけている空を見上げた。太陽は山の向こうへと姿を消し、すでに夕闇《ゆうやみ》が辺りを包み始めている。

「さて、キミはそろそろ行った方がいいんじゃないか」

どこへ……と訊かなくても分かっている。月が昇って沈むまでの間に、正広にはやらなければならないことがあるのだ。

誰かから「命」を吸い取るという、気は進まないが絶対にしなければならないことが。

「そうだな」

正広はエアリオの言葉に対し、小さく頷いてみせた。


「さて……どうするか」

消灯時間を過ぎて廊下に人気がなくなったことを確認すると、正広は部屋を出てあてもなく病院内を歩きまわっていた。

すでに月は夜空に顔を出しているらしく、窓からは月明かりが差し込んでいる。

——「生」を吸い取る……か。

死神の少女から教えられた、正広が唯一生き残る方法。

「……『生』を吸い取らないと、またああなるんだよな」

あの時のことを思い出しただけでも寒気がする。

痛みという言葉すら生ぬるく思える痛み。よく痛みで吐き気がしたり、気絶したりするとかいう話は聞いていたが、それらとはまったく異質なもののような気がする。

まるで、これが「死」というものなのかと実感できるほどの痛みであった。

——いや、実際あれが死なのかもしれない。

「俺に、またあの痛みに耐える根性があるはずないだろ」

正広は自分自身を嘲笑《ちょうしょう》するように呟いた。だから、どうやってでも「生」を吸い取らなければならないのだ、と自分に言い聞かせるかのように。

正広の足は、知らぬ間に香澄の部屋へと向かっていた。

他にも何人かの顔見知りの少女はいたが、今夜に限っていえばその病室が分かっているのは香澄以外にはいなかったのである。

「……ここか」

正広は香澄の病室の前で立ち止まった。

ドアの横には「朝比奈香澄」と小さく書かれている。幸いなことに、香澄の病室は個室らしい。ならばここで「生」を吸い取ることになんの支障もないのだ。

だが……それでも正広は迷っていた。

香澄を利用しようとしていることに。

そして、自分が生きるために、エアリオから得た『力』を使うことに。

――だけど、このまま帰るわけにはいかないだろう。

正広はともすれば萎《な》えてしまう気持ちを奮《ふる》い立たせ、病室のドアをノックした。

「はーい」

中からは香澄の声が聞こえてくる。どうやら、まだ眠っていなかったらしい。

正広は震える手で病室のドアを開けた。

「よ、よう……」

「あっ、こんな夜中にどうしたの？　正広ちゃん」

香澄は正広を迎えて驚いたような顔をしたが、それでも訪ねてきてくれたことが嬉《うれ》しいらしく、その表情はすぐに笑顔に変わった。

「あ、いや……そのな……」

「なになに？　ちゃんと言わないと分からないよ」

香澄はニコニコと笑いながら尋ねてくる。その邪気のない笑顔で見つめられると、どうしてもここに来た目的を見失ってしまいそうであった。

——やっぱり香澄を相手にはできない。

「あ、分かった。あたしの顔を見に来たんでしょ？」

「んなわけないだろ。ちょっと、寄ってみただけだ……」

「えーっ」

言葉を濁す正広に、香澄は冗談めかした声を上げた。

そんな姿を見ているうちに、ますます香澄を抱く気がなくなってしまう。

「それじゃあな」

「あ、ちょっと待ってよ。少しぐらい話をしてくれたっていいじゃない」

慌てて病室を出ようとした正広の顔を、香澄が正面から覗き込んでくる。

「いや、俺はこれから用事があるんだよ」

正広は慌てて顔を逸《そ》らすと、言い訳の言葉を口にした。

事実、香澄を相手にしないのであれば、少しでも早く、他に「生」を吸い取ることのできる相手を見つけなくてはならないのだ。

だが、正広がドアに手を掛けた途端、香澄は「あっ!!」と不意に声を上げた。

うるさく呼び止めるつもりかと思ったのだが、それっきり言葉を発しようとしない。

どうも様子がおかしいと気付いた正広が振り返ると、そこには今まで見たことのない、切なそうな表情を浮かべた香澄の姿があった。

「んくっ……ふぁ……」

香澄は少し苦しそうに息をつく。

それは離れていても分かるほどに熱を帯びていた。

――まさか⁉

「おい、香澄？」

「ま、正広ちゃん……あたし……なんか変なの……身体《からだ》が熱くて……」

そう言って瞳《ひとみ》を潤ませる香澄を見て、正広は確信せざるを得なかった。

間違いない。これがエアリオの言っていた『力』なのだろう。

だが、正広にはその『力』を使ったという自覚がなかった。

――あれか？　あの目を合わせた瞬間か？

確かにあの時、正広は誰かから「生」を吸い取らなければならないと思ってはいたが、まさかこんな簡単に『力』が作用するとは思ってもみなかった。

「正広ちゃん……お願い……」

いつもとはまったく違った表情で、まったく違った台詞《せりふ》を口にする香澄。ただ正広を見つめているだけなのに、何故《なぜ》かその姿はひどく扇情的《せんじょうてき》に見えた。

そんな香澄の姿に、正広は思わず生唾《なまつば》を飲み込む。

――もう、逃げられないか。

決意するしかなかった。正広自身が香澄をこうしてしまったのだから……。

正広はそっと香澄の頬に手を伸ばした。

「んふっ」

それだけで感じるのか、香澄は鼻に掛かったような声を上げる。

――これが記憶に残らないことだけが救いだな。

そう考えながら、正広は香澄の細い身体をゆっくりと抱きしめた。


「ンッ……んんッ……!!」

『力』に囚《とら》われた香澄は積極的だった。

互いに服を脱いでベッドに横たわった途端、香澄はいきなり正広のモノを口に含んで、そのまま飴《あめ》をしゃぶるように口の中で転がし始めたのだ。

とても普段の香澄からは想像もできないような行為であった。

時々歯が当たってあまり上手とは言えなかったが、それでも一心不乱に肉棒を奥まで咥えたり、先端部分を舌で転がしたりと、次々に正広を刺激してくる。

「正広ちゃん……気持ちいい？」

「あ、ああ」

稚拙《ちせつ》だが、丁寧に先端から根元までを舐《な》め上げられると、背中がゾクゾクとした。

香澄が正広の上で上下逆になってまたがっているため、目の前には彼女の秘裂が惜しげもなく晒《さら》されている。正広のモノをしゃぶる度に、香澄の秘肉はひくひくと痙攣《けいれん》するように小さくひくくついて、中からはうっすらと愛液が滲《にじ》み出していた。

「正広ちゃん……あたしのも……」

香澄のうっとりとした声に懇願されて、正広はゆっくりとその部分に指で触れた。肉壁はきれいなピンク色で、その上にある小さな突起はまだ包皮にくるまれている。

まさか、あの小さかった香澄のこんな部分を目の当たりにする日がくるとは……ましてや、こんな形でなどとは想像もしていなかった。

だが、今はそんな感傷に浸っている場合ではない。こうなってしまった以上は、せめて香澄が気持ちよくなれるように……と、正広は覚悟を決めた。

正広が両手を使ってゆっくりと香澄の秘肉を押し開くと、クチュッといやらしい音がして、愛液《あふ》に濡《ぬ》れそぼった肉壁が丸見えになる。そのまま香澄の中心部分に舌を這《は》わせ、次々と溢れてくる愛液を舐め取り、秘裂やクリトリスを刺激した。

「ああッ……ふぁ……そ、そこを……」

秘裂からはとめどもなく、透明でむせかえるような愛液が溢れてくる。

　正広がそれを丹念に舐め取り続けていると、その愛撫《あいぶ》に我慢できなくなったのか、香澄は肉棒を口から離してビクビクと身体を震わせた。

「はあはあ……ま、正広ちゃん」

　うつろな視線を正広に向けると、香澄は唾液《だえき》で光った唇を震わせた。それがなにを求めてのことかは明白である。

「……横になれよ」

　正広は香澄の意図を悟って舌の動きを止めると、短く命令するように言った。

　香澄が小さく頷くのを見届けると、正広は体勢を逆転させた。香澄をベッドに仰向《あおむ》けにすると、両足の間に身体を滑り込ませ、膝《ひざ》の裏に手を当てて開脚させる。

　すでに愛液でベトベトになっている香澄のアソコは、正広のモノを待ちわびているかのようであった。正広は自分自身を手に取って、その先端を香澄の秘裂に押し当てた。

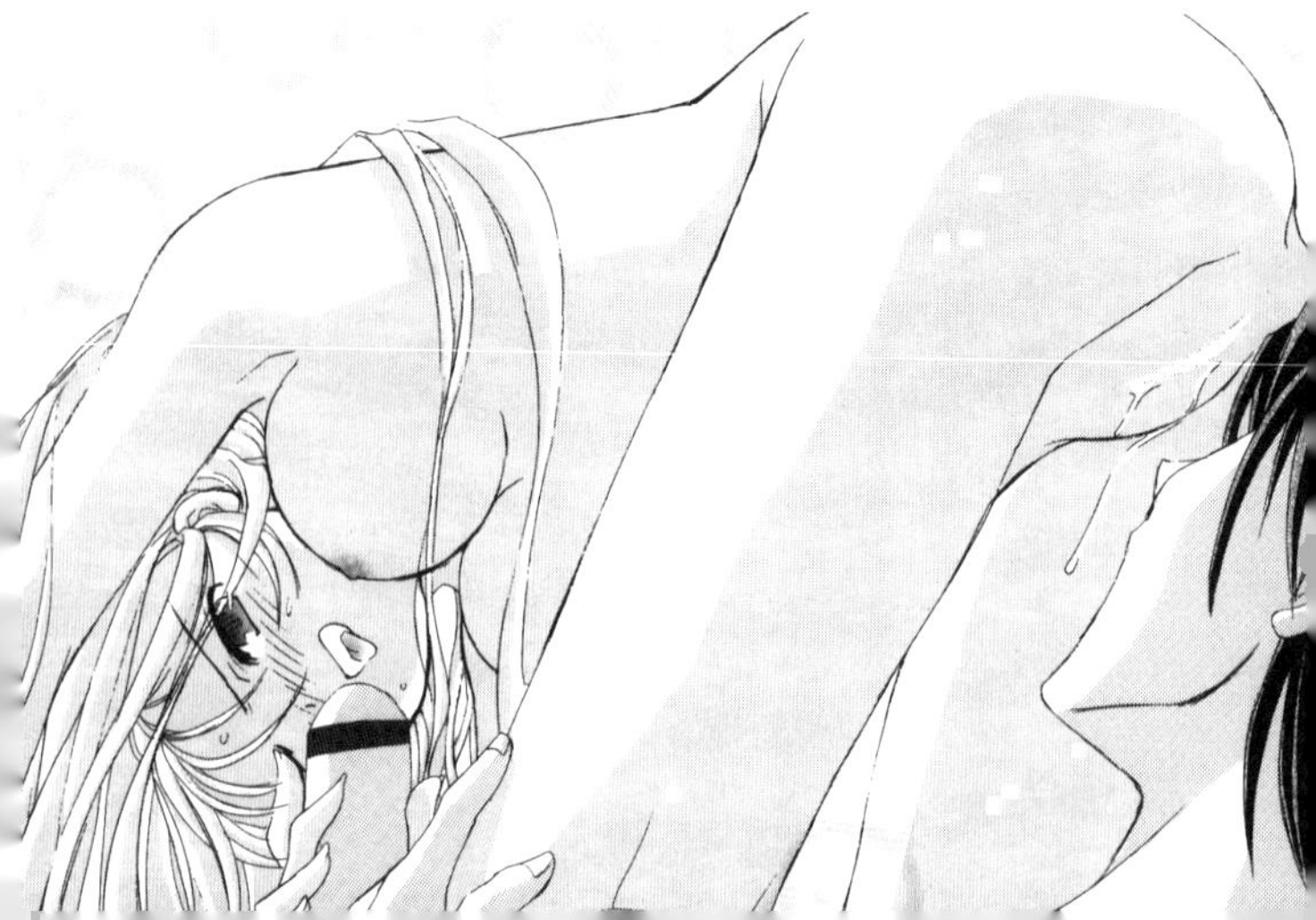

「あふッ……」

クチュッと水っぽい音がして香澄は期待のため息を漏らす。

「いくぞ」

「う、うん……きて……正広ちゃん」

いつもは腹が立つ甘ったるい声も、今の正広の頭をビリビリと刺激してくる。香澄がこれほどまで乱れるのは『力』のせいなのだろうか。それとも……。

「は、早くぅ……正広……ちゃん」

「あ、ああ……」

香澄の声に急《せ》かされて、正広は自分のモノで何度か割れ目を往復して肉をなじませるようにすると、ゆっくりと腰を突き出した。

「あぁッ……ま、正広ちゃんが……は、入ってくるよぉ……あぁッ……」

硬直した肉棒が香澄の秘裂を割り開いて奥へと進んでいく。

先端が香澄の中へ潜り込んだところで、正広は強烈な締めつけに襲われた。ゾクッとした感覚が、身体中を……そして正広のモノを駆け抜けていく。

「あぁっ……んんっ!!　あっ!!」

息を詰まらせるように、香澄が挿入《そうにゅう》の快感にフルフルと身体を震わせた。

狭い肉壁を押し開いて徐々に肉棒を奥へと進ませる。香澄の中が想像以上に狭かったことに、正広はドキリとした。

——もしかして初めてなのか？

そう思って香澄の顔を覗き込むと、痛みに顔を歪ませるどころか、挿入の感覚を少しでも逃がすまいと目を閉じて集中している。

初めてではないのか、それとも『力』のせいか？

そこまでは分からなかったが、破瓜《はか》の証《あかし》である鮮血がなかったことが、正広を少しだけ安心させた。無論、そんなことは気休めに過ぎないと分かっていても……。

「あぁッ……正広ちゃんの……す、すごい……おおきい……」

根元まで繋《つな》がってしまうと、香澄は目尻《めじり》に涙を浮かべて大きく息をついた。香澄が肩で息をする度に、キュウキュウと膣内《ちつない》が絶妙な力加減で正広を締めつけてくる。それだけで身体が震えてしまうほどの快感だった。

「な、膣《なか》で……ビクビクしてるよぉ」

より硬度を増していく正広のモノが分かるのか、香澄は切なそうな声を漏らした。

「動くぞ」

正広はそう言うと、香澄の承諾を得ないうちに腰を動かし始めた。

久しぶりのセックスということもあるが、香澄の乱れた姿を見つめていると、すぐにでも限界に達してしまいそうだったからである。

「ああっ……んんッ……ンッ……ああ」

愛液にまみれた膣内を掻《か》きまわすように動くと、香澄の内部は一斉に正広のモノに絡みついてきた。何度も何度も香澄の中を往復するうちに、緩慢な動きでは我慢できなくなったのか、香澄はとろけそうな瞳で正広を見つめてくる。

「正広ちゃん……もっと動いて……もっと激しく……あっ、ああっ!!」

その言葉に正広の頭は真っ白になってしまった。

もう、どういう理由で香澄を抱いているのかさえ忘れ、正広は自らの快感を高めるためだけに激しく腰を使い、内部を貫き続けた。

「ああ、奥に当たってるよぉ。ふぁ……ま、正広ちゃぁん……んんっ」

正広は自分の名前を口にする香澄の唇をキスで塞《ふさ》いだ。

今の……こんな乱れた香澄に名前を呼ばれることに、少しだけ抵抗を感じたからである。

だが、香澄はそんな正広の意図に気付かず積極的に舌を絡ませてきた。もう自分でも制御できない快感の波が襲ってきているのか、香澄はそれから逃げるようにしきりに首を振り始めている。

「ああッ……か、身体が……と、飛んじゃいそう……」

香澄はブルブルと身体を震わせた。その様子に絶頂が近いことを悟った正広は、更に強く腰を打ちつけ、香澄の中を乱暴に掻きまわしていく。

「ダメダメェ……あたし、おかしくなっちゃう……へんになっちゃうよぉ」

香澄は唇の端に涎《よだれ》を滲ませながら、はあはあと口を開いて息をしている。あまりにも快感が強過ぎて、もう自分では身体をコントロールできないのかもしれない。

とろりとした表情とは逆に、香澄の内部は出し入れが辛《つら》いほど締めつけている。

正広の方にも、そろそろ終わりが近付いていた。トドメとばかりに激しく出し入れした途端。香澄はビクビクと身体を弓なりに反《そ》らせて絶頂を迎えた。正広も同時に限界を感じてモノを抜くと、そのまま香澄の白い腹に精を解き放つ。

「ああ……正広ちゃぁん……あふッ……」

絶頂の余韻《よいん》の中。

香澄はビクビクと小刻みに身体を震わせながら、朦朧《もうろう》とした声で正広を呼んだ。


『力』を使って香澄を抱いた後、逃げるようにして病室を飛び出した正広は、そのまま自分の病室には戻らず、屋上へと上がってきた。

「ふう……」

金属製のドアを閉め、そのままもたれかかるようにして座り込む。

わずかな夜風が正広の髪を揺らした。火照《ほて》っていた身体が冷えていくに従って、徐々に自分が使った『力』の恐ろしさを改めて実感できるようになった。

——まさか、あんなふうになるなんてな。

頭では分かっていたつもりだが、実際に使用してみるのとでは大違いだ。

あれほど強烈に作用するとは想像もしていなかった。

「あれが『力』……か」

自分で体得したものではないので、その威力にはただ驚くばかりだ。

だが、同時にこれ以上はないほどの罪悪感も感じた。いくら抱かれた記憶が残らないとはいえ、これではレイプしているのと同じようなものである。

いや、ある意味ではもっとタチが悪いかもしれない。

——だけど……。

正広には、もう二度と『力』など使わない……と断言できるだけの勇気はなかった。

「……とにかく生き延びないとな」

自分に言い聞かせるように呟く。もう、あんな痛みを味わうのはまっぴらだった。

「その通り。キミは生き延びることだけを考えればいい」

正広の目の前に、もう見慣れてしまった死神が姿を現した。

「どうやら、上手《うま》くいったようだね」

「おかげさまでな」

正広は力無く答えた。筋違いと分かっていながらも、自分をこんな状況に追い込んだエアリオを恨みたくなってしまう。

「どうだった？　その『力』はお気に召《め》したかい？」

エアリオは相変わらず表情を変えずに、口調だけからかったような、それでいてなにかを量るように問い掛けてきた。

「そうだな……ちょっと、なんだかな」

「ん、なにか問題でもあったか？」

「そうじゃないが……今から考えると、相手に悪いような気がしてな」

別にキレイごとを言うつもりはないが、無理やり犯すのでもなく、わけの分からない『力』を使ってうやむやにしてしまうのがなんとなく気に入らない。

「なんだ、そんなことを気にしているのか。……キミは人がいいんだな」

「そんなんじゃないっ。ただ、俺自身が気にくわないだけだ」

正広は自分を罵倒《ばとう》するかのようにそう吐き捨てた。

エアリオはそんな正広をしばらく無言で見つめていたが、やがて小さく吐息を漏らす。

「まあ……がんばってくれ。それじゃ、ボクは行くよ」

相変わらず表情を変えないまま言うと、エアリオはふわりと舞い上がり、そのまま夜の闇に溶けていった。

# 第三章　それぞれの命

エアリオに教えられた「生」を吸い取るという方法には、ひとつだけ条件があった。

それは「生」には限界があり、ひとりの女性から立て続けに吸い取ると、その相手を死なせてしまう可能性があるということだ。

つまり、吸い取る期間が長期にわたるということは、正広は香澄の他《ほか》にも定期的に「生」を吸い取ることのできる相手を見つけなければならないということであった。

——とは言ってもなぁ。

確かに病院の中には、入院患者を始めとして看護婦や見舞客など女性は大勢いる。

だが、いくら『力』が使えるといっても、それらに片っ端から手を出すというのも気が引けてしまうのだ。結局は同じことのような気もするが、せめて知り合いになった相手にしたい、というのが自分勝手ながら正広の決めた境界線であった。

「お兄ちゃーん♪」

廊下《ろうか》を歩いていると、その候補のひとりともいうべき少女が正広に気付き、ゴッゴッとけたたましい音を立てながら駆け寄ってきた。

正広が入院した初日にいきなりぶつかってきた、こよりという少女だ。

あれから何度か病院内で顔を合わせ、その度に「遊ぼう、遊ぼう」としつこくすり寄ってきたが、正広は毎回のようにまた今度と誤魔化し続けていた。確かに暇を持て余している身ではあったが、とてもこよりと遊ぶような気にはなれなかったのである。

——さて、今回はどう言って誤魔化すかな。

正広はそう考えながら、近寄ってくるこよりを見つめていたが……。

「お、おい……ちょっと待てっ」

あまりにも強い勢いに、正広は思わず制止の言葉を掛けた。だが、こよりはそれを無視してそのまま突っ込んでくる。

「おにーちゃーん♪」

「ぐわっ!!」

こよりのタックルが見事に正広のみぞおちに決まり、ふたりはそのまま最初に出会った時のように、派手な音を立てて廊下に転がった。

「あうぅ～、なんでちゃんと受け止めてくれないんだよぅ」

こよりはまたしても正広の身体《からだ》の上に乗ったまま、ぶつけた頭をさすっている。

「人のせいにすんなっ!!」

「お兄ちゃんが悪いんだもぉん」

——見た目もガキだが、中身もそのまま……いや、もっとガキだな。

ここで無駄《むだ》な言い合いをするのもバカらしい。正広は身体を起こしながら、はいはいと適当に頷《うなず》いた。

「分かったよ、俺《おれ》が悪い。これでいいか？」

「むぅ～、ちゃんと反省してないよぉ」

「うるせぇよ。ほら、立て」

正広はこよりに手を貸してやって立ち上がらせると、自分もそれに続いた。

「お兄ちゃん、約束!!」

「約束？」

「うん、こよりと遊んでくれるって」

「……そんな約束したかぁ？」

正広はあえて覚えていないふりをした。ただでさえこよりの遊びにつき合うなど面倒なのに、このパワフルさを見せつけられては尚更《なおさら》であった。

「え～っ、お兄ちゃん、覚えてないのぉ？」

「だから、そんな約束してないって」

「むううっ～」

こよりは面白くなさそうな表情を浮かべたが、これだけ言えば諦《あきら》めてくれるだろう。

「分かったよぅ」

案の定、こよりは渋々という感じで頷いた。

少し気の毒にも思えたが、ここは面倒なことになる前に逃げるに限る。

「そうか、じゃあな」

正広がさっさとこの場から離れようと、話を切り上げた途端。

「それじゃ、お兄ちゃん。遊ぼう」

「…………………」

——そうだった……こいつの頭の中はまったく脈絡がないんだった。

これではとぼけた意味がない。

「……分かったよ。それでなにをして遊ぶんだ？」

正広はため息をつくと、とりあえずそう訊《き》いてみた。もし、カードゲームとか大人《おとな》しい遊びなら少しぐらいはつき合ってもいいかなと思ったのだが……。

「鬼ごっこ」

こよりの口から出てきたのは、正広の期待とはまったく正反対のものであった。

「……じゃあな、こより」

「わああっ、お兄ちゃん、どこ行っちゃうんだよぉ」

正広が背中を向けると、こよりは大慌てで腕を掴《つか》んでくる。

「お前がいないところだ」

「お兄ちゃん、遊んでくれるって言ったのに」

遊ぶのはともかく、その遊び方が問題なのだ。なんでこの年になって鬼ごっこなど……

しかも病院の中でしなければならないのだ。

「ねえ、遊んでよぉ〜、ひとりで鬼ごっこするのに飽《あ》きたんだよぉ〜」

なんだか器用な遊びをしていたらしいこよりは、そう言って正広の腕にしがみついてくる。正広は面倒くさくなって、こよりを振り払おうと腕を強く振ったのだが……。

「わあぁっ!!」

こよりは腕にしがみついたままだったために、そのまま正広の腕の動きと一緒にふわりとまわるように浮き上がり、やがてゴッッとギプスの鈍い音を立てて着地した。

「………………」

思わぬ結果に、ふたりは目を丸くして互いを見つめた。だが、正広は次第にこよりの目が輝き出すのに気付き、内心でしまった……と声を上げていた。

「お兄ちゃん、これ面白いよっ!!　もっとやって!!」

「……やっぱり」

どうやら悪い予感は的中したようだ。

退屈しきっていたらしいこよりは、これ以上はないというほど楽しげな表情を浮かべ、正広の腕にしっかりしがみついている。

「ほら、早く早く〜っ」

「……どうなってもしらねえからな」

正広はヤケになって、さっきよりも強い力を込めて腕を振りまわした。体重が軽いせいもあるのだろう。こよりの身体は面白いように宙を舞った。

「うりゃあああっ‼」

「それぇっ‼」

次第に、こよりはタイミングを見計らって踏み切ることまでしている。その方が高く身体が持ち上がるのだ。あまりにも面白いようにこよりが浮かび上がるので、いつしか正広も調子に乗って、本気で腕を振りまわし始めた。

「きゃははははっ、すごいすごいーっ‼」

こよりは楽しそうに笑いながら、難なく正広の腕にしがみついている。思ったよりも腕力が強いのだろう。こうなったら全力で……と、正広が腕に力を入れた時。

「あなたたちっ‼　ここがどこだか分かってるのっ⁉」

いきなり廊下に女性の声が響き渡った。正広とこよりが驚いて声のした方を振り返ると、そこにはふたりを睨《にら》みつけるような婦長の姿がある。

「げっ……」

「あ、おばちゃん‼」

こよりが邪気のない声で追い打ちを掛けると、婦長の顔には憤怒《ふんど》の表情が浮かぶ。

正広は慌ててこよりを窘《たしな》めようとしたが、

「あなたたち……ちょっとナースステーションまでいらっしゃい」

時すでに遅く、婦長は地獄の底から聞こえてくるような声でふたりに命じた。

「うん、行く行く～」

「は、はい……」

あっけらかんとしたこよりとは逆に、正広は怖《お》じ気《け》づいたように頷いた。


「はああっ……なんでこの歳《とし》になってまで説教されなきゃならないんだ」

一時間にも及ぶ婦長の説教からようやく解放された正広は、こよりと共に、うなだれながら廊下を歩いていた。

「はぇ、お兄ちゃん、どうしたの？」

「……元はといえばお前が悪いんだろう。なんで俺まで」

まるで堪《こた》えた様子のないこよりを、正広は恨みがましい目で見た。

こよりはどれほど絞られようと相変わらずニコニコしたままだ。怒られたという感覚がまったく欠如しているらしい。

「それじゃ、お兄ちゃん。行こう」

「へ？　行くってどこへ？」

正広の腕をとって走り出そうとするこよりに、正広は慌てて声を掛けた。

「だから、中庭に行って遊ぼう。あそこならなにも言われないよ」

――コ、コイツはっ。

これだけの目に遭《あ》わせておきながら、まだ遊ぼうというのだろうか。

自分でも怒っているのか呆《あき》れているのか分からない正広の腕を引っ張ると、こよりはそのまま走り始めた。それも半端なスピードではなく、いきなり全力疾走だ。

「早く早くっ」

「ま、待てって、コラ!!」

身体のバランスを崩され、そのままついていく形になった正広は、結局中庭までの数百メートルを、こよりにつき合わされて走り抜けることになってしまった。

「はあっ、はあっ、はあっ……」

中庭についた時には正広の息は完全に上がっており、そのまま芝生の上に倒れて身動きひとつできないほどであった。

「だらしないなぁ。これくらいでハアハア言ってるなんて」

「ば、ばかやろうぉ……俺は……お前みたいに……子供じゃ、ないんだ……」

「それじゃあ、お兄ちゃんじゃなくておじちゃんだよぉ」

「て、てめぇ……」

弾《はず》む息を抑《おさ》えながら、正広はジロリとこよりを睨みつけた。別に正広が運動不足とかいうわけではなく、単にこよりが元気過ぎるのだ。

「それじゃお兄ちゃん、鬼ごっこしよう」

「ちょっ、ちょっと待てって……」

とても鬼ごっこなどできる状態ではない。こよりはすっかり臨戦態勢だろうが、正広にはまだまだ休息が必要だった。

「ええっ!? お兄ちゃん、遊んでくれるって言ったのにぃ～」

こよりは頬《ほお》を膨らませて文句を言ったが、正広の方は中庭に行くとも遊んでやるとも言っていない。ただ引きずられるままに、ここまで連れてこられただけなのである。

もっとも、そう言ったとしても絶対に納得などしないのだろうが……。

「と、とにかく少し休ませてくれ。このまま遊んだら絶対に倒れる」

正広はズルズルと芝生の上を這《は》うようにして樹の根元まで移動した。ここなら木陰《こかげ》になっていて、休むにはちょうどいい。

「むぅ～、仕方ないなぁ。それじゃこよりは『ぴよ』と遊んでるね」

「ぴよ？」

誰《だれ》かの名前なのだろうか、はっきり聞き取れなかったために意味が分からない。

正広が眉根《まゆね》を寄せて聞き返そうとすると、

「ぴよーっ、あそぼーっ」

こよりは空を仰《あお》いだ。

途端、すぐに空から小鳥の声が聞こえてきて、正広も思わず上を見上げた。鳴き声の主は風を切ってこよりの元へと一直線に舞い降りてくる。

——まさか、ぴよってあの小鳥なのか？

小鳥はなんの警戒心も示さず、そのままこよりの頭の上へと降り立つ。

正広はその光景を唖然《あぜん》として見つめた。

「驚いたな……それがぴよか？」

「むうぅ、『それ』じゃないよ。ぴよはちゃんとした一人前の小鳥なんだからね」

こよりが怒ったように言うと、それに同調するようにぴよも鳴き声を上げた。もしかして人間の言葉が分かるのだろうか……と疑ってしまうほどのタイミングだ。

「ぴよっ」

名前の由来が分かるような鳴き声を上げると、ぴよは不意にこよりの頭から飛び立った。

「あっ、ぴよっ、待てぇ!!」

こよりはぴよを追い掛けて走り始める。

「きゃははは、ぴよ、待てぇぇーっ」

ぴよはこよりからつかず離れずの位置で逃げるように飛び続けた。ちょうどこよりの背に合わせ、丁度いい高さとスピードで、だ。

人間の言葉が分かるかどうかは別にしても、相当に頭がいいのは確かだ。

――ヘタをしたらこよりよりも頭がいいんじゃねえか？

正広が酷《ひど》いことを想像している間にも、こよりとぴよは鬼ごっこをするように中庭を走りまわっている。その姿は、まるでぴよがこよりと遊んでやっているかのようだ。

「……小鳥が保護者か。まったく、こよりらしい」

正広は木陰に座ったまま、こよりたちのじゃれ合う様子を見つめた。

どうやら、これでこよりの相手をせずに済みそうである。なにより、こよりとぴよが遊んでいる姿を見ていると、なんとなく穏やかな気分になっていくようだ。

ちょうど親が子供を遊ばせて、それを眺めているような……そんな感じであった。


もうひとり。

正広には病院内に知り合いの女の子がいる。

病院を脱走しようとした時に出会った、沙耶という無口な少女だ。

こちらもこより同様に、あれから何度か顔を合わせていた。

もっとも、沙耶はこよりほど社交的でも積極的でもない。二回目に会った時などは、正広が声を掛けても完全に無視しようとしたほどである。

「おいっ」

その態度にカッとなった正広は、思わず沙耶を呼び止めようと声を荒らげた。

だがその途端、なにかがぶつかる音がして沙耶がいきなり視界から消えてしまった。正広の声に驚いて振り返ろうとした際に、壁にぶつかって倒れてしまったのである。

これには正広の方が驚いてしまった。

「だ、大丈夫かっ⁉」

慌てて駆け寄ると、沙耶は立ち上がろうともせずにジッと正広を見つめる。

その瞳《ひとみ》は、まるで正広がこれからどういう態度に出るのかを、冷静に観察しているように感じられた。

「ほら」

「あ……」

正広が手を差し伸べると、沙耶は少し驚いたような表情を浮かべた。戸惑うように正広の顔と手を交互に見つめる。

「起きろっていったんだ。ほら」

焦《じ》れったくなった正広は、沙耶の手を強引に掴んで立ち上がらせた。

「……別に、放っておいてくれてよかったのに」

最初からあまり好印象を持たれていないと感じていたので、別に礼の言葉を期待したわけではない。だが、どうしてこいつはこれほどに自虐的《じぎゃくてき》なのだろうか……と、正広は思わず眉根を寄せたものだ。

だから……かもしれない。

何故《なぜ》か沙耶のことが気になってしまったのは。

沙耶の友達である真綾とも知り合ったために、その後、正広は何度か沙耶の病室を訪れる機会があった。相変わらず沙耶は正広に対してまったく口を聞こうとせず、もっぱら真綾の話を聞くだけに終始することになったが、それでもいくつか分かったことがある。

「沙耶はね……学校でいつもひとりだったのよ。誰にも相手にされないし、自分から話し掛けることもできなくて、教室の中でいつも寂しそうだった」

沙耶が席を外している時に、真綾がこっそりと耳打ちしてくれたのだ。

「だから、周りの奴《やつ》にいつも虐《いじ》められてた。アタシはそれが我慢できなくてね」

憤慨する真綾の話を聞きながら、正広はようやく納得した。

――それで、あんなに人を嫌っているのか。

無論、真綾も知らない他の事情があるのかもしれない。

けれど正広にはそれだけで十分だった。心を閉ざして人を拒絶する沙耶の気持ちが、なんとなくだが分かるような気がしたのである。

まだまだ遊ぼうということよりから逃れて屋上に上がってきた正広は、そこにめずらしく沙耶の姿があることに気付いて声を掛けた。

「おい、沙耶」

沙耶は正広の声に振り返ったが、いつものごとくなにも言わない。だが、最初に会った頃《ころ》に比べれば、逃げ出していかなくなっただけマシになった方なのだ。

「こんなところでなにをやってるんだ？」

「…………………」

正広が近寄りながら尋ねると、沙耶は不意に目を閉じる。

まただんまりか……と思った途端、沙耶はそのまま正広にもたれ掛かってきた。

「……って、おい、沙耶っ⁉」

正広は慌てて沙耶の身体を受け止めようとしたが、いきなりのことだったので十分に支えることができず、彼女はずるずると崩れ落ちるように、そのまま屋上の床へと倒れてしまった。

——ど、どうなってるんだ？

正広が辛《かろ》うじて支えたために、身体を打ちつけるようなことはなかったが、沙耶は目を閉じて気を失ってしまったかのようだ。

「お、おい……沙耶？」

声を掛けてみるが返事はない。

ふと空を見上げると、強烈な日差しが照りつけている。

——貧血かなにかだろうか？

沙耶がどういう病気なのかは聞いていなかったが、入院しているくらいなのだから身体が悪いのは間違いない。なのに、こんな陽気にも関わらず、帽子も被《かぶ》らずに立っていたのだ。倒れても無理はないだろう。

とにかく、このまま放っておくこともできない。

正広がなんとか沙耶を病室まで戻そうと、倒れたままの彼女を抱き上げようとした時。

「大丈夫です。少し横になっていれば……」

「なんだ、気がついてたのか？　病室に運んでやるくらい別に構わないぞ」

「大丈夫です」

沙耶はきっぱりと言った。

本当になんともないのか、正広に借りを作るのが嫌なのかは判断できなかったが、本人がそう言っている以上はどうしようもない。

せめて日除《ひよ》けになるようなものはないだろうか……と正広が辺りを見まわしていると、

「正広さん、風は自由なんでしょうか？」

横になったままの沙耶が、ぽつりと呟《つぶや》くように訊いてきた。

「……？」

「風は……世界中どこへでも行けて、どんな小さなところへも入り込める」

「そうだな、確かに」

質問の意図がよく分からなかったが、正広はとりあえず頷いた。

「でも、自分では行き先を決められませんよね。それでも自由なんでしょうか？」

「うーん、どうなんだろな。そう考えると自由じゃないのかも」

「自由ってどういうものなんでしょうか？」

「それは……」

正広は答えに迷ってしまった。

もしかすると、沙耶は今の自分の状況を嘆いているのだろうか。

病気で入院生活を余儀なくされ、他の同じ歳の少女たちが得られるすべてを、沙耶はなにひとつ手にすることができないでいるのだ。

だが、すべて自分の好きにできることが本当の自由とは限らない。

「ごめんなさい。なんでもないです」

正広が言葉に詰まっていると、沙耶は思い直したように質問を取り消した。

結局、沙耶がなにを訊きたかったのか分からないが、その奇妙な問いに、彼女の真意があるような気がする。正広はそんな沙耶に、なにか気の利《き》いたことのひとつも言ってやりたかったが、慣れていないだけになにも思い浮かばない。

正広が途方に暮れた時、屋上のドアが開いて真綾が姿を見せた。

「あ、沙耶っ⁉」

倒れたままの沙耶の姿を見つけると、真綾は顔色を変え、慌てて駆け寄ってくる。

「こんなところにいたのね？　病院中を探しまわったんだから」

「ごめんなさい……真綾ちゃん」

「また倒れたの？　だからいつも言ってるのに。……立てる？」

真綾は倒れたままの沙耶に手を貸すと、ゆっくりと立たせた。

「おい、起こして大丈夫なのか？」

「いつものことだからね。もしかして、正広くんが沙耶を看《み》ててくれたの？」

「いきなり倒れちまったからな」

「そうなんだ、ありがとう。沙耶もお礼を言った？」

「ありがとう……ございます」

真綾にそう訊かれると、沙耶は正広に向かって小さく頭を下げた。

まだ感謝するというより感謝する行為を淡々とこなしているだけのようだが、以前に比べると表情が随分と柔らかくなっているような気がする。

「ところでさ、正広くん」

真綾はふと思いついたように、正広に問い掛けてきた。

「キミも一応入院してるんでしょ？　こんなところでふらふらしてていいの？」

「まあな……」

正広は真綾の質問に、思わず苦笑しながら曖昧《あいまい》に頷いた。

確かにそう思われても仕方ないだろう。

一見すると、正広はどこも悪くないように見えるのだから。

「実は俺、原因不明の病気に掛かってるんだよ」

「なに、それ？」

「俺も知らない。だから抜け出そうとしたのに、お前らに邪魔されたんじゃないか」

「アタシたちのせいにされてもねぇ」

トイレから脱出しようとした話は、以前に沙耶の病室を訪れた際に話してある。その話を蒸し返そうとした正広に、真綾は「ねえ」と沙耶に話を振った。

沙耶もこくりと頷いている。

「まあ、とにかくそういうわけで入院してるんだ。だけど俺自身はどこも悪くないし、至って元気なんだけどな」

「ふうん、ヘンなの」

「お前から訊いておいて、ヘンなの……はないだろ」

「あはは、ごめんごめん」

「……ふふ」

真綾が冗談めかして謝った時、その会話を聞いていた沙耶がかすかに微笑《ほほえ》んだ。

――えっ？

正広は思わず驚いて沙耶を見つめてしまった。まさか、沙耶の笑顔を見ることができるとは想像もしていなかったのである。

「正広くん、どうしたの？」

呆然《ぼうぜん》としている正広の顔を、真綾が不思議そうに覗《のぞ》き込んだ。

「あ、いや……沙耶が笑ったから」

「……本当だ。アタシ以外の人の前では絶対に笑わなかったのに」

「か、からかわないで……ください」

沙耶が照れたように顔を伏せる。

そんな沙耶の様子を見ているうちに、正広は徐々にふたりの仲に溶け込んでいる自分を実感していた。以前のように、人と触れ合うことに対する不快感もない。それがどういう理由によるものかは分からなかったが、今まで感じたことのなかった、妙な心地よさが正広の中で少しずつ目覚め始めていた。

「なあ、煙草《たばこ》吸ってもいいか？」

沙耶と真綾が屋上から去っていった後、正広は辺りに人気がないにも関わらず、誰もいない空間に向けてそう言った。

「別にボクに訊くことじゃないだろ」

正広の独《ひと》り言《ごと》のような言葉に、どこからか返事が返ってくる。同時に黒い影が、やはりいつものように音もなく正広の前に降り立った。

「キミが早死にしたいのなら、別に止めないよ」

「俺はお前に訊いているんだよ。ちゃんと答えろよ」

「……ボクは構わないよ」

エアリオがそう答えるのを確認すると、正広はポケットから煙草を取り出して火を点《つ》けた。ふうっ、と煙を吐き出すのと同時に穏やかな時がふたりの間に満ちる。

正広は昔から友人を持とうとしたことがなかった。

それは幼い頃に植えつけられた人間に対する不信感からであったが、もし友人という存在がこんな落ち着く時間を共有できるものだとしたら、そんな関係も悪くはないと思う。

——俺って、ここに来てから変だよなぁ。

こよりや沙耶たち、そして香澄との穏やかな時間を過ごしていると、なんだか凝《こ》り固《かた》まっていた心が徐々に溶かされていくかのようであった。

そして、それはこのエアリオと接している時が一番強く感じられる。

……もっとも、死神を相手にこんなことを感じているようでは、本当の意味での友人を得ることができるのは、まだまだ先の話だろう。相手が変わり者だからこそ、正広は他の誰よりも気楽に接することができるのかもしれないのだ。

正広はそんな自分の考えに、思わず苦笑してしまった。

「なにを笑っているんだい？」

「なんでもねえよ」

正広は慌てて弛《ゆる》んだ頬を引き締めると、誤魔化すように煙草を口にした。

「そうか。それで首尾の方はどうだい？」

「しゅび？　しゅびってなんだ？」

「……キミは少し日本語の勉強をした方がいいかもしれないね」

「うるせえ。余計なお世話だ」

エアリオが真顔で言う冗談に正広は唇を歪《ゆが》めた。

けれど、エアリオがこんなことを言うようになったのもここ数日のことだ。あるいは彼女も正広と同じような気持ちでいるのかもしれない。でなければ、必要なことはすでに伝えてあるのだから、こう頻繁《ひんぱん》に姿を見せる理由はないのである。

ただ、エアリオの言葉が冗談なのか本気なのかは分からないが……。

「もっと簡単な日本語で言ってくれ」

「……調子はどうだい？　上手《うま》く『生』を吸い取っているかい？」

エアリオは少し呆れたような、普段よりも少しだけ柔らかい表情で言い直した。

「そういうことか。そうだな、今のところは上手くいってるけど……」

「けど、なんだい？」

「うん……」

エアリオに問われると、正広は迷ったように視線を泳がせた。

自分の中にわだかまっている迷いを上手く口にすることができなかったのだ。

ほんの数日前まで、正広は死などまったく恐れてはいなかった。街のチンピラたちと喧《けん》嘩《か》した時も、死んでも構わないとさえ思っていた。

けれどエアリオに会って自分の死というものを実感して以来、今度は必死になって生《い》き延《の》びるために少女の「生」を吸い取り続けている。

しかも、『力』を使った卑怯《ひきょう》な方法で……だ。

事情を知っているエアリオと話をしていると、ついそんな躊躇《ためら》いを口にしてしまいそうになる。正広は小さく首を振って、そんな弱気な自分を叱咤《しった》した。

——今更、こんなことで悩んでどうするんだよっ⁉

「……どうしたんだ？」

沈黙してしまった正広を、エアリオは不審そうに眺めた。

「なんでもない。とにかく続けるしかないよな。でなければ、すぐにお前に連れられて天国行きだからな」

正広は気分を変えるようにわざと明るい声で言ったのだが……。

「天国なんて存在しないよ」

その言葉に対して、エアリオは表情を一変させ真顔で言い放った。

「あ、いや……冗談だぜ？」

「本当に天国なんて存在しないんだ。死んでしまった後にあるのは無だけ。すべてが存在しない無の世界だ」

「いや、だから……」

「キミも天国なんて無意味な幻想に期待しない方がいい。それがキミのためだ」

正広に口を挟ませないほど、エアリオは真剣な表情を浮かべている。さほど深い意味があって言ったわけではなかっただけに、正広は対応に困ってしまった。

「あ、ああ……でも、せめて幽霊《ゆうれい》くらいはいて欲しいな」

正広は辛うじてそう答えた。エアリオの言葉に沈黙してしまうと、それっきり会話がなくなってしまうような気がしたからである。

けれど、まるっきり出任せを口にしたわけではない。存在自体を信じてはいないが、死んだらそれですべて終わり。一切が消えてなくなってしまうというのは、なんとなく寂しい気がしたのだ。

だが……。

「本当にそう思うかい？」

エアリオの語気の荒さは治まるどころか、かえって表情をきつくさせた。正広に向けられた視線には、敵意……いや、憎しみすら感じられるほどだ。

「死んで幽霊になってどうするんだ？　自分が忘れ去られていく様を見続けろっていうのかい？」

「……い、いや」

「消えることもできなくて、この世界に居残ってしまう……。その方が、消え去ってしまうよりもはるかに地獄に近い仕打ちだよ」

その言葉は重く……そして強く感じられた。

いくつもの死を目の当たりにしてきた死神の言葉というのではなく、まるでエアリオ自身がそんな目に遭ったかのような、そんな実感すら込められているようだ。

「なにかあったのか？」

正広は思わず問い掛けた。

あまりにも、いつものエアリオとは様子が違っているように思えたからだ。

「……別になんでもないさ」

エアリオは余計なことを言ってしまったというような表情を浮かべると、小さな声で正広に答え、それ以上の追及を避けるかのように目を閉じた。

「なら、別にいいんだけどさ」

正広は煙草を投げ捨てると、これで会話を終わらせようという意味を込めて、足で踏み消した。なんとなくおかしい気はしたが、問いつめたところでエアリオが答えるはずがないことを十分に承知していたからである。


夜——。

正広は今日の相手を捜すために、ふらふらと病院内を歩いていた。

頭に浮かぶのは沙耶とこよりの顔。できることなら知り合いと……と考えている正広には、他に思い当たる女性がいなかったのである。

だが、いざ実行という段階になると、そのどちらの部屋に行くことも躊躇われた。

彼女たちを知れば知るほど、逆に『力』を使って抱くことに抵抗を感じるのである。

――これなら、面識のない相手の方が……。

そう思わないでもない。だが、どの部屋にどんな女性がいるのか分からないし、仮に見つけることができたとしても、相手が大部屋などにいてはどうしようもないのである。

「さて、どうするかな……」

正広は頭を抱えてしまった。

もう、香澄のところへはいけない。すでに何回か「生」を吸い取らせてもらったので、これ以上は彼女の生命に支障が出てしまうおそれがあるのだ。

――やはり、沙耶かこよりと……。

正広がそう思い直した時。

「あれ、お兄ちゃん？」

不意に聞こえてきた声に顔を上げると、そこには当の本人であるこよりが正広の方を見て笑顔を浮かべている。

「こんなところで、どうしたの？」

「こより……」

正広は思わずドキリとしてしまった。まさかいきなり顔を合わせるとは思ってもみなかったので、どう対応してよいのか咄嗟《とっさ》に思いつかなかったのである。

「お兄ちゃん？」

「い、いや……こよりこそ、こんな時間になにをやってるんだ？」

「こよりはお風呂《ふろ》だよ。病室は暑くって、もう汗だくなんだよぉ」

「風呂？」

考え事をしながら歩いていた正広は、こよりにそう言われて、初めて自分が浴場の前にいることに気付いた。正広たちのいる病院は、一部の患者のために夜も浴室が使えるようになっている。入院生活で特別な制限を受けていない正広も、何度かこの浴場を使ったことがあった。

「お兄ちゃんもお風呂？」

「ん、まあな。……一緒に入るか？」

心の動揺を誤魔化すために、正広は冗談でそう言ったつもりだったのだが……。

「うん、一緒に入ろう♪」

「……へ？」

返ってきた返事が想像と違い過ぎて、正広は間抜けな声を上げた。

「こより、お兄ちゃんの背中を洗ってあげるね」

——本当にガキだな、こいつ。

男と風呂に入るということが、どういう意味なのかまったく分かっていないようだ。

「ほらほら、お兄ちゃん。早く入ろう」

「お、おい……」

正広が慌てて宥《なだ》めようとした途端、こよりは不意に「あっ」と声を上げた。

――しまった!!

思わず瞳を見つめてしまったらしい。正広はそろそろとこよりを見下ろした。

こよりはすぐに朦朧《もうろう》とした表情を浮かべて熱い吐息を漏らすと、そのまま正広の腕にもたれ掛かってくる。

「お、お兄ちゃん……こよりね、なんか……身体が熱い……」

「こより……」

腕に当たる小さな膨らみが正広の情感を刺激したが、あまりにも子供っぽいこよりの外見に、どうしてもわずかに残った理性が制止を促してくる。

正広は反射的にこよりの身体を押し戻そうとしたが、彼女は潤んだ目でそれを拒んだ。

「ねえ……お兄ちゃんなら、これ……治せるでしょ……?」

こよりの言葉に、これが自分の『力』のせいであるという事実を突きつけられたような気がして、正広は少し怯《ひる》んでしまった。

だが、ここでやめられるはずもない。

――もう……後戻りはできないよな。

正広はそっとこよりに手を伸ばすと、こよりの頬に触れた。元々これが目的で病院内を彷徨《さまよ》っていたのだ。ここまできた以上は、覚悟を決めるしかない。

「……気持ちよくしてやるからな」

「う、うん……」

正広の囁《ささや》きに、こよりは期待に満ちた表情で頷いた。


「ンッ……ふぁッ……やッ……」

するすると正広の両手が肌の上を滑る度に、こよりは小さく声を上げながら、身体をビクビクと何度も震わせた。

「ほら、あまり動くなって。ちゃんと洗えないだろう」

「う、うん……ふぁ‼　ンクッ……んんッ……」

風呂場に入ると、正広はこよりの身体をボディソープで丹念に洗ってやった。

『力』が作用しているせいもあるのだろうが、こんな小さな身体でも十分に性感を刺激されるらしい。こよりが女であることを、改めて実感させられるようであった。

「やッ……はッ……ンクッ……」

指でこよりの小さな胸の膨らみを摘《つま》み、頂点を指でこりこりと転がしてやる。

「そ、そこ……なんかジンジンして気持ちいいよぉ」

正広が指先に力を加えると、こよりは身体を震わせながら悦《よろこ》びの表情を浮かべた。

片手を首筋から肩へと滑らせ、脇腹《わきばら》のあたりを優しく撫《な》でる。その動きのひとつひとつに、こよりは可愛《かわい》く声を震わせながら、悩ましげに身体を揺すった。

「あ、そこぉ……」

へその周りをくすぐりながら手を更に下へと滑らせると、こよりが期待と不安の入り交じった声を上げた。『力』が効いているとはいえ、たぶん今まで誰にも触られたことのない場所に指をあてがわれて不安なのだろう。

「こより、ここは？」

「そこ……そこも熱いの……ウッ、ひゃあッ‼」

正広が秘裂に沿って指を動かしていくと、こよりはビクリと身体を跳ね上げた。

「ああ……そ、そこ……なんだかへんだよぉ」

今まで感じたことのない感覚に戸惑っているのだろう。だが、身体の方はすぐに反応を示し、正広の指には熱いものが絡みつき始めている。

「やぁ……そ、そこは……」

こよりの声が徐々に甘いものに変わっていく。

正広が最終的になにを求めているのか、こより自身はよく分かっていないようだが、身体の方は本能で知っているのだろう。正広は秘裂に沿って指を動かしていくと、そのままこよりの膣《ちつ》へと侵入させていった。

「ひゃあッ……ンッ……んああッ……」

こよりは指の挿入感《そうにゅうかん》に全身を震わせる。それは正広がゆっくりと指を出し入れすると、いっそう激しいものへと変わっていく。こよりの身体が限界まで揺れ始めるのを確認すると、正広はいったん指を引き抜いた。

「ああんっ……お、お兄ちゃん……やぁ……」

こよりは言葉にならない声で、愛撫《あいぶ》を止めた正広を切なそうな表情で非難する。

「続きは風呂の中でしてやるよ」

このまま続けてもよいのだが、少し身体が冷えてきている。こよりが風邪《かぜ》でもひくようなことがあっては困るので、正広は場所を浴槽《よくそう》の中へ移すことにしたのだ。

「う、うん……」

期待を込めた表情でこよりが頷き返すのを見届けると、正広は自分が先に浴槽へ浸《つ》かり、その身体の上に彼女を背後から抱え上げるように乗せた。

「そのまま乗ってればいいぞ」

「う、うん……んあっ!!」

正広は後ろからこよりの秘裂に自分のモノを押し当ててやったが、さすがに初めてでは自分から繋《つな》がることは難しいようだ。その上、まださっきまでの快感が残っていて、身体を上手く支えることもできないらしい。

「仕方ない……痛かったら、痛いって言えよ」

このままでは埒《らち》があかないと悟った正広は、下から自分のモノを正確にあてがうと、こよりの腰を掴んでゆっくりと引き下ろすようにして貫いていった。

「んあッ……ああッ」

「痛いか？」

「ん、ううん……痛くないよ。気持ち……いい……」

こよりは小さく首を振ると、うっとりとした声で言った。

間違いなく初めてのはずだが、『力』は破瓜《はか》の痛みまでなくしてしまうようだ。

——そうとなれば、遠慮など無用だ。

正広は更に力を入れて、こよりの中に埋没していった。

すぐに一番奥まで辿《たど》り着いたが、すべては入りきらずに八割というところだろうか。さすがにそれを見ると、こよりの小ささが実感できるようであり、少し胸が痛んだ。

「ンッ……お兄ちゃん……」

「苦しくないか？」

「う、ううん……大丈夫だよ。ま、まだ……身体が熱いのぉ……動いてよぉ」

途切れ途切れになりながらも、こよりは更なる快感を求めて、正広に熱っぽい声で懇願してくる。改めて『力』の凄《すご》さを思い知らされるようだ。「生」を吸い取らない限り、この状態はいつまでも続くのだろう。

正広は、こよりの下からゆっくりと腰を動かし始めた。その動きに合わせ、水面がゆらゆらと揺れる。与えられる快感に、こよりはすぐに恍惚《こうこつ》とした表情を浮かべ始めていた。

「んくッ……ンンッ……あぁッ……き、気持ち……いいよぉ」

少しずつ突き上げを速くしていくと、こよりは飛び上がるほどに大きく震え、その動きに水面が激しく波打った。

「んはッ……クッ、お、お兄ちゃんのが……お、奥に当たって……きゃふッ!!」

こよりが喘《あえ》ぎ声を上げる度に、膣内が呼応するように正広のモノをリズムよく締め上げてくる。同時にこよりの身体が短い間隔で震え始めた。

「んあッ……な、なにか……くるよぉ!!　き、きちゃうよぉ」

急激にこよりの中が狭くなり、急激な快感が正広を襲った。うねるような膣内の動きに耐えて、更に突き上げを強くした途端。

「ふぁッ……やッ、ああああっ!!」

こよりはビクビクと痙攣《けいれん》を起こしたように身体を震わせる。正広もそれに合わせ、こよりの中から自分を引き抜き、そのまま浴槽の中で精を解き放った。

正広はこよりを浴場で抱いた後、まだ朦朧としている彼女を病室まで送り届けると、中庭へとやってきた。

なんだか、そのまま自分の病室に戻っても、すぐに眠れそうになかったからだ。

香澄の時もそうだったが、『力』を使って「生」を吸い取った後には、セックス後の高揚感などなく、いつも後悔の念に囚《とら》われてしまう。

そんな自分の気持ちを静めるために、少し外の空気でも吸おうと思ったのだが……。

「ん……？」

誰もいないと思った中庭に、誰かの気配を感じる。

中庭を照らすわずかな街灯の灯《あか》りを頼りに気配の元をたどってみると、正広が時々暇つぶしにくる芝生の近くに、見知った黒装束《くろしょうぞく》の人影が見える。

「……エアリオ？」

声を掛けると、やはり死神の少女が正広の方を振り返った。

「キミか……どうしたんだい？　こんなところで」

「そりゃ、俺の台詞《せりふ》だよ。ここでなにをしてるんだ？」

死神というエアリオの立場上、あまり人に姿を見られるのは好ましくないはずだ。

だとすると、わざわざ中庭までやってきたのは、ここでなにかをする必要があるということなのだろう。

「仕事の準備でね」

正広の推測を肯定《こうてい》するように、エアリオは中庭の方に目を向けた。

「仕事？　まさか……誰かが死ぬのか？」

「別にキミじゃないから、安心していいよ」

エアリオは相変わらずの無表情で言った。

「ここは病院だからね。ボクもそれなりに忙しいんだよ」

別に正広のためだけにここにいるわけではないのだから当然ことだ。

だが、エアリオが忙しいということは、それだけ死んでしまう人間が多くいるということになる。そう考えるとなんともやりきれない気分になった。

「でも……小さな命を刈《か》るのは、あまり好きじゃないけどね」

エアリオはわずかに顔を歪ませた。それが仕事だから、とすべてを割り切っているように見えるエアリオにはめずらしいことだ。

「どうして好きじゃないことをやるんだ？　嫌ならやめればいいじゃないか」

「やめる……か。そんなことを考えたこともなかったな」

エアリオは戸惑うように正広を見つめた。

「言っただろう。ボクは魂を無に帰す……ただそれだけのための存在なんだよ」

「それだけの存在って……」

「ボクにとって魂を刈るということは、ボクが存在することと同義なんだ」

ただ目的のためだけに存在する意志。もし、そうだとしたら、正広にはエアリオがわずかながらでも感情を持っていることがこの上なく残酷なことに思えた。

「それに……ボクがどうして死神として存在しているのか、なんて分からない。ボクの記憶には死神じゃなかった時は存在しないしね」

「…………………」

「今まで……キミに言われるまで、そんなことを考えたこともなかったな。自分が死神であることだけが事実だからね」

正広は少し躊躇ったが、やがて思い切ったようにエアリオの顔を覗き込んだ。

「それって、なんて言っていいのか分からないし、俺が言えた義理じゃないのかもしれないけど……寂しくないか？」

「確かにボクのことを言える立場じゃないね」

エアリオは突き放すように言ったが、正広が自分を見つめていることに気付くと、戸惑うように視線を泳がせながら言葉を継《つ》ぎ足した。

「けど、そんなことを言ってくれたのはキミが初めてだよ」

「そりゃ、死神にこんなことを言う奴はいないだろうな」

「ボクがこれだけひとりの人と接するのは初めてだからね」

その言葉に……正広はエアリオがどうして必要以上に自分と接することを受容しているのか、分かったような気がした。

エアリオが人と接する時、それはその相手が死を迎える時なのだ。

永遠に繰り返される出会いと別れ。

いくら死神とはいえ、その孤独感は想像を絶するものがあるのではないだろうか。

「さて……おしゃべりが過ぎたようだね。ボクは行くよ」

エアリオは、正広がこれ以上に踏み込んでくるのを恐れるかのように、会話を一方的に締めくくった。

「準備とやらはいいのか？」

「ああ、それじゃ」

そっけなく答えると、エアリオはいつものように闇《やみ》に消えていった。

# 第四章　蘇る想い

入院して何日も経《た》つが、どうしても慣れないことのひとつが時間を潰《つぶ》すことだ。

特に正広の場合、どことといって悪いところがあるわけではなく、感覚としては普通の健康体となんら変わらないのだから尚更《なおさら》である。

だから香澄の病室を覗《のぞ》いてみようと思ったのも、そんなに深い意味があったわけではなかった。暇なら話の相手をさせようという程度だったのだ。

「おい、香澄いるか？」

幼馴染《おさなじ》みという気安さもあって、正広はノックもせずに病室のドアを開けた。

「え？　わっ、ま、正広ちゃんっ!!」

いつもなら香澄がにこやかな顔をして迎えてくれるのだが、その日に限って少し戸惑うような声が聞こえてくる。

「なにを驚いてるんだ？」

そう言いながら香澄の方を見ると……。

「なっ!?」

正広の目に飛び込んできたのは、上半身裸で背を向けている香澄の姿。

「わ、わりいっ」

慌てて病室を飛び出すと、正広は後ろ手でドアを閉めた。

「ま、正広ちゃん……ノックぐらいしてよ」

病室の中から正広を非難する声が追い掛けてくる。

「いや、悪い。でも、なにしてるんだ？　そんな格好で」

「なにって……身体《からだ》を拭《ふ》いてるのよ。お風呂《ふろ》に入れないから、その代わりにね」

「そ、そうか」

普段は元気そうなので、ついつい香澄が病人だということを忘れてしまいそうになるが、確か風邪《かぜ》をこじらせて入院していると言っていたはずだ。

どうやらそのために入浴できずにいるらしい。

「後少しで終わるから、ちょっと待っててくれる？」

「あ、いや……」

正広は少しだけ悩んだが、このまま帰ってしまうのもなんとなく気が引ける。

ちょっと顔を出しただけだから……という言葉を呑《の》み込んで、正広は仕方なく分かったと頷《うなず》くように返事を返した。

香澄の身体を見るのは別に初めてというわけではない。それどころか『力』を使用した時とはいえ、もっと隅々まで見ているのである。

――今更ドキドキするようなこともないだろう。

理屈では分かっているのだが、身体の方が勝手に反応してしまうのだ。

「んっ……あれ」

「どしたんだ？」

病室の中から聞こえてきた戸惑いの声に、正広はドア越しに問い掛けた。

「ちょっとね……あれ、届かない。ねえ……正広ちゃん」

「ん？」

「あのさ……もしよかったら、背中を拭いて欲しいんだけど……」

「え……でも、お前はいいのか？」

大胆な申し出に、正広の方が動揺してしまう。

「だって、タオルが小さくて背中まで届かないのよ。よかったら……お願いできるかな？」

「俺《おれ》は別に構わないけど」

「じゃあ、お願い。だけど、あまり……その見ないでね」

香澄の無茶な注文を聞きながら、正広がそっと病室のドアを開ける。病室に入ると、そこには白い背中を出して恥ずかしそうに俯《うつむ》いている香澄がいた。

ベッド側には洗面器があり、小さなタオルが一緒においてある。タオルはハンカチ程度の大きさしかないので、確かにこれではひとりで拭けないだろう。

「これで拭けばいいんだな」

「うん。背中だけ……少し強めでもいいから」

「じゃあ、拭くぞ」

正広はタオルを絞って、そっと香澄の背中をこすり始めた。

小さな背中を何度か往復すると、白かった肌はみるみるピンク色に染まっていく。タオル越しでも分かるほど香澄の肌はツルツルで、その柔らかい手触りを感じていると頭に血が上ってしまいそうだった。

「あの……もういいよ」

「そ、そうか」

香澄の言葉に、正広が慌てて背中から手を離した。

別に邪《よこしま》な気持ちがあったわけではないが、正広はなんとなく気恥ずかしさを覚え、誤魔化すようにタオルを洗面器に浸した。そんな微妙な雰囲気《ふんいき》を感じ取ったのか、香澄は背中を向けたまま、そそくさとパジャマを身につけ始める。

「それで……正広ちゃん、なにか用事だったの？」

「あ、いや……その、暇だったから……」

「じゃあ、あたしの相手をしてくれるの？」

香澄は振り返りながらパッと瞳《ひとみ》を輝かせる。

「ま、まあ……な」

本当は香澄に暇つぶしの相手をさせようと思っていたのだが、これではどうやら逆に相手にさせられる羽目になりそうであった。

正広は香澄のお気に入りの場所である中庭へと連れてこられた。

他《ほか》にこれといったあてがあるわけではないので正広は素直に従ったのだが、結局はいつもと変わりないパターンだ。

「んふふーっ」

「いい加減、その変な笑いをやめろ」

「えーっ、だって嬉《うれ》しいんだもん」

香澄はそう言って笑ったが、別になにかをしているというわけではない。ただ香澄に背中を貸して、ふたりで芝生の上に座ってぼーっとしているだけだ。

だが、香澄にはこれがたまらなく楽しいらしい。

普段のパジャマ姿ではなく、わざわざ外出用の私服に着替えているところを見ると、完全にピクニック気分のようだ。

「なんかいいことでもあったのか？　妙に機嫌がいいじゃないか」

「そう？　別に特別なことはないんだけどなぁ」

香澄はそう言って否定したが、前回よりも声が弾《はず》んでいるような気がする。

「強《し》いて言えば、正広ちゃんがいるからかなぁ」

「バカじゃないわよぉ。正広ちゃん、昔っからそういうの鈍感よね」

「言ってろ、バカ」

香澄は頭でゴツゴツと背中を小突いてくる。

――俺も随分とつき合いがよくなったよな。

ほんの数日前までは、こうして自分が誰《だれ》かと馴れ合うなど考えられないことだった。他人と関《かか》わることを嫌い、自分ひとりで生きていくと心に誓っていたのがまるで嘘《うそ》のように感じられる。いや……今でもその気持ち自体がなくなってしまったわけではない。

ただ、こういうのも悪いものではないなと思い始めているだけであった。

ぼんやりと過ごしているように思えるが、香澄とこうして芝生の上に座っていると、意外と時間の経つのは早いものだ。

「もう昼だな。戻った方がよくないか？」

正広は中庭に設置されている時計を見上げながら香澄に声を掛けた。

そろそろ昼食の時間が迫っている。病院の食事はそれ自体が治療の一環なので、時間はきっちりと決められているし、食べなければ怒られてしまう場合もある。

もっとも、どこが悪いのか未《いま》だに謎《なぞ》とされている正広の場合は、さほどの制限もないので結構好きにさせてもらっていたが。

「んー、そうだね。そろそろいかなきゃ」

香澄は面倒くさそうに背伸びをすると、まるで中年女性のように「よいしょ」と声を出して立ち上がった。

「……おばさんだぞ、それじゃ」

「おばさんって言わないでよぉ」

文句を言おうとして振り返った香澄の視線は、不意に正広を通り越してその背後へと向けられる。途端、香澄の顔色が変わった。

「……っ!?」

「ど、どうしたんだ？」

不審に思った正広が声を掛けるが、香澄は返事もせずに中庭の奥にある樹々の方へと駆け出していく。普段ののんびりした動作からは考えられないほどの速さだ。

「お、おい……香澄？　どこいくんだ？」

正広は慌ててその後を追った。

数十メートルほど走ってある樹の側《そば》まで来ると、香澄はその場にしゃがみ込んでなにかを拾い上げようとしているところであった。

「ーったく、どうしたんだよ？」

正広は香澄の手元を覗き込んだ。

香澄は悲しそうな顔をしながら一匹の子犬を抱いていた。子犬は全身が傷だらけで、毛並みのところどころには血が固まったような黒い斑点《はんてん》ができている。

車に撥《は》ねられたか……あるいは、他の犬に襲われたのだろう。

「酷《ひど》い怪我《けが》だな……医者を呼んだ方がいい」

病院にいる医師たちに犬の治療ができるのかどうかは知らないが、おそらく素人《しろうと》が診《み》るよりははるかにましだろう。

正広は誰かを呼んでこようと、反射的に今来た道を戻ろうとしたのだが……。

「いいよ、正広ちゃん」

香澄はそう言って静かに首を振った。

「だけど……」

「もう、助からないから」

「なに言ってるんだよっ⁉」

諦《あきら》めたような香澄の口ぶりに、正広はつい語気を荒らげる。

「そんなの医者に診せなきゃ分からないだろ」

「だって、見えるのよ。この子……もう、駄目なのよ」

「見えるって……」

言い返そうとした正広は、あることを思い出してハッと息を呑んだ。

——昔、こんなやりとりをしたことがあった。

子供の頃《ころ》……一緒に遊んでいた頃のことだ。あの時も、香澄がボロボロの子犬を見つけて、泣きじゃくりながら同じようなことを言った。

『この子死んじゃうよ……だって……見えるもん』

——そうだ。

幼い時の香澄は、生き物の「死」が分かるような素振りを見せていた。

当時の正広にはその真偽を確認することもできず、ただ黙って香澄の言葉を聞いているしかなかったが。

「もしかして、あれって本当だったのか？」

「うん。やっぱり信じてくれてなかったんだ」

仕方ないけどね……と、香澄は笑おうとでもしたのか、わずかに顔を歪《ゆが》めた。

「生き物の死が見えちゃうなんて、信じられないよね」

「それじゃ、その子犬も？」

「うん、もう助からないよ……可哀想《かわいそう》だけど」

香澄は消え入るような声で言った。

正広はなんと答えてよいのか分からず、黙って香澄の腕の中にいる子犬を見つめた。

見るからに弱り切っている子犬は、すでに鳴く元気もないのか、香澄に抱かれて小さく呼吸しているだけのようだ。

「ゴメンね。正広ちゃん」

不意に、香澄が呟《つぶや》くように言った。

「今日はあたしのわがままにつき合ってくれて」

「え？　おい……香澄」

「この子に最後までついていてあげたいの。でも……正広ちゃんに迷惑掛けられないから
……だから、ゴメン」

このまま自分を放っておいてくれということなのだろう。

そう言った香澄は口調こそしっかりしていたが、その瞳にはうっすらと涙が滲《にじ》んでいた。

「バカ、気を使うなって。俺もつき合うよ」

正広は香澄の言葉を軽くいなすと隣に座り込もうとした。

いつも気丈で明るく振る舞っている香澄が、今日は涙を浮かべて必死に悲しみに耐えている。そんな香澄をひとり残して立ち去る気にはなれなかった。

けれど……。

しばらく無言でいた香澄は、やがて正広を振り返るとゆっくり首を振る。

「正広ちゃんの気持ちは嬉しいけど……」

「なんでだよ、別にいいだろう？」

「昔みたいな泣き顔をあまり見せたくないの。だから……」

香澄の語尾は震えていた。もう涙をこらえるのも限界なのだろう。

「……分かったよ」

本当は側にいてやりたかったが、香澄がそう言うのなら仕方がない。

「ごめんね」

「なにかあったら呼びに来いよ」

「うん」

香澄が頷いたのを見届けると、正広はゆっくりと背中を向けて病棟の方へと歩き出した。


「ンッ……ふッ……はぅ」

沙耶の控えめな声が病室に響く。

正広はベッドの上に座り、沙耶を後ろから抱きすくめるようにして、彼女の秘裂を指でなぞっていた。その指の動きに合わせて沙耶が甘い吐息を漏らす。控えめな声ではあるが、普段の彼女から考えると相当に乱れていることが分かる。

――これで、沙耶を抱くのは何回目になるんだろう。

正広は沙耶への愛撫《あいぶ》を続けながら、ふとそんなことを考えた。

香澄やこよりと同様に、初めて沙耶を抱いた時には耐えられないほどの罪悪感を感じたものだ。だが、回数を重ねるごとにその気持ちは薄らぎつつある。

勝手な都合で沙耶の身体を自由にしながら、その罪悪感さえ感じなくなっていく。

正広はそんな自分に嫌悪感を抱かざるを得なかった。

――せめて、気持ちよくなって欲しい。

彼女たちの記憶は『力』の効力がなくなった時点で消え去ってしまう。

だから、そんなことがなんの償いにもならないことを承知していたが、今の正広にできることは他になかったのである。

「あっ……んっ……はっ」

沙耶の秘裂からは、愛液がとめどもなく溢《あふ》れてシーツを濡《ぬ》らした。

これも『力』が作用しているのだろう、正広が指を動かすごとに愛液の量は増えていき、シーツに水たまりを作るほどになっていた。

「ンッ……あうぅッ……はッ……んんッ」

正広は頃合いを見計らうと、沙耶の肩を抱きすくめていた左手を、控えめな胸に伸ばして円を描くように膨らみに触る。柔らかい感触の頂点には、すでに硬くなった乳首が正広の手のひらに抵抗するように頭をもたげていた。

「んん……ああっ!!」

軽く乳首を摘《つま》むと、沙耶は途端にぶるりと身体を震わせる。

休めていた右手の動きを再開して胸と秘裂を同時に責めていくと、抑《おさ》え気味だった沙耶の声が徐々に大きくなった。

秘裂にあてがった指を、ゆっくりと中に突き立てていく。

「やッ……ンッ……はぅ!!」

沙耶の身体が震え始め、しがみついていた手に力が入ると同時に、正広の指を締めつける力が強くなった。そろそろ限界が近いのだろう。

一度イカせてやった方がいいと判断した正広は、更に愛撫の勢いを強くしていった。

「ふあっ⁉　んんッ……やッ、あぁッ……クッ!!」

沙耶が大きく上体を跳ね上げ、足の先まで突っ張らせて反《そ》り返《かえ》ろうとするのを、正広は力を込めて押さえつけた。沙耶はビクビクと何度か小さく跳ねると、どうやらイッたらしく、そのままストンと力を抜いて正広の腕の中に沈み込んできた。

「はあ……はあッ……ンンッ……」

力が抜けきった後も、沙耶は小さく震えている。

――少し休ませた方がいいかな。

そう考えた正広が離れようとすると、絶頂の余韻《よいん》に浸って大きく息をしていた沙耶は、それに気付いたように小さく非難の声を上げた。

「やっ……ま、まだ身体が熱いんです。だから……」

正広の腕の中で、沙耶の瞳が更なる快楽を要求するように再び熱を帯びていく。続きを懇願する自分の言葉に興奮するのか、そう言った後で沙耶はブルリと身体を震わせた。

「……分かった」

正広は沙耶をベッドに寝かせると、間をおかずに自分のモノを挿入《そうにゅう》していった。

「はうッ……ンクッ……あぁッ……」

少しずつ正広が沈み込んでいくのに合わせ、沙耶は断続的に身体を震わせる。肉棒が秘裂の中に進むにつれ、繋《つな》ぎ目《め》からは新たな愛液が溢れ出していやらしい音を立てた。

「あああ……入って……きます……」

やがてモノが根元まで沈んでしまうと、沙耶は大きく安堵《あんど》したようなため息をつく。同時に断続的な締めつけが正広を襲い、強烈な快感を与えてきた。

「動くぞ」

一応声を掛けて、正広はゆっくりと腰を引いた。

「アッ……んあぁッ……」

沙耶の中から抜けそうになる直前まで引き抜くと、再び中へと押し入れる。

「んあぁーッ!!」

ゆっくりとした動きで沙耶の中を蹂躙《じゅうりん》していく。

沙耶の中は窮屈《きゅうくつ》だったが、ただ締めつけるだけではなく、壁自体がまるで肉棒を絡め取るように蠢《うごめ》いていて、動かさなくても十分に果ててしまいそうであった。

正広はゆっくりと沙耶の奥深くへと侵入すると、そのまま中の壁を引きずり出すかのように腰を引く。

そんな動きを繰り返していると、沙耶が言葉を詰まらせながら口を開いた。

「もっと……んッ……早く……もっと気持ちよくしてください。お願いします……じゃないと、わたし……このままじゃ……ヘンになりそう……」

「分かった」

正広は短く答えると、丁度ひいていた腰を思いっきり強く突き出した。

「ふあッ!?」

沙耶が小さく悲鳴を上げる。そのまま速いペースで沙耶の中を往復すると、奥まで入る度にグチュグチュといやらしい音が響いた。その音に触発されるように、正広は沙耶の両足を抱え上げると、結合をより深いものへと変化させていった。

「んあッ……き、気持ちいいです……お、奥まで届いています……あぁッ!!」

沙耶はシーツを掴《つか》んで快感に耐えている。

「ンッ……はあぁッ」

正広はそんな沙耶に構わず、少し乱暴に貫き続けた。普通では絶対に聞けない沙耶の喘《あえ》ぎ声に、自然と興奮してしまったのだ。頭の中が徐々に真っ白になっていくようだ。

「もっと、壊れるぐらいに……突いて……でないと、わたし……まだ身体がうずいて」

沙耶は更なる快感を要求してくる。

正広はその言葉に応《こた》えるようにして、限界まで腰のスピードを上げていった。

「あッ、あッ、あッ、んあッ……クッ……」

沙耶もいつの間にか正広の動きに合わせて腰を振っていた。

それによって挿入の角度が変わり、よりいっそうの快感を正広に伝えてくる。沙耶の中がとろけるように熱くなり、正広自身をつよく締めつけ始める。

「やあッ……わたし……もう……」

沙耶は息を切らしたように言うと、限界が近いのか、ガクガクと身体を震わせた。

「ま、またイキそうです……」

同時に限界を感じた正広も、最後に沙耶を絶頂へ導くべく結合部分のそばにある突起を指で摘み上げた。

「やあッ⁉　そ、そこは……だ、だめぇ‼　おかしくなっちゃいます‼」

沙耶がシーツを掴んだ手をギュッと握りしめると同時に、彼女の内部も激しく収縮して正広を限界まで追いつめていく。

腰を叩《たた》きつけるようにして何度か動かすと、正広は沙耶が頂点に上りつめると同時に自分自身を引き抜き、彼女に向かって精を放った。

「あああああっ……ンッ……はああッ‼」

絶頂の余韻に身体を小刻みに震わせながら、沙耶はそのまま気を失うように目を閉じた。


翌朝――。

香澄のことが気になった正広は、朝一番に香澄の部屋を訪れたのだが、何度ノックしても香澄の応答はない。検診かと思ったのだが、それにしてはまだ時間が早過ぎる。

――まさか。

ふと、正広は昨日《きのう》の香澄の姿を思い浮かべた。

あの時の様子からして、香澄はあのままずっと子犬についているのではないだろうか？

正広はその場から駆け出すと、急いで中庭へと移動した。

まだ人気のない散策路を走って昨日の場所へと辿《たど》り着くと……。

そこには、あれからまったく時間が経過していないかのように、香澄が同じ体勢のままボロボロになった子犬を抱いていた。

「香澄」

「正広ちゃん……」

声を掛けると、香澄は少し疲れたような笑みを正広に向けた。

「お前、ずっとここにいたのか？」

「看護婦さんが見まわりに来るから、消灯時間には一度戻ったけど……」

「じゃあ、それからずっと？」

「うん、この子……」

香澄は腕の中の子犬に視線を落とすと、

「さっき……逝《い》っちゃったんだ」

と、小さな声で囁《ささや》くように言った。

「だからって、お前も入院している身なんだから」

「ゴメンね、心配掛けて。でも……どうしても最後まで一緒にいたかったから」

「そいつと仲よかったのか？」

「ううん、初めて見る子」

「初めて見た子犬だったのか？」

正広は香澄の意外な言葉に驚いてしまった。

この中庭にはよく犬や猫が迷い込んでくるという話を聞いていたので、てっきり知っている子犬だとばかり思っていたのだ。

まさか、見知らぬ子犬のために、香澄がそこまでするとは思ってもみなかった。

「どうしてそんな……」

理由を訊《き》こうとした正広の言葉を、香澄の呟き声が遮った。

「この子……誰かと一緒にいられて幸せだったかな？　最後まで寂しくなかったかな」

「香澄……」

「幸せだったらいいな。あの時は、最後まで一緒にいられなかったから……」

「……あ」

香澄の言葉に触発されたのか、正広の脳裏に過去の記憶の一コマが鮮明に浮かび上がってきた。あれは……もう、何年前になるのだろう。まだ、正広と香澄が小さく、隣同士で住んでいた頃のことだ。

あの時――。

香澄はやはり今回と同じように、ボロボロの子犬を見つけたのである。

それを見た香澄の母親は、子犬を病院へと連れて行こうとした。正広がそう思ったように、もしかしたら助かるかもしれないと思ったのだろう。

だが、香澄はそんな母親の言葉に頑として首を縦に振らなかった。

『お母さん、分かってよ。この子、もうどこへも行きたくないんだよ。香澄がこの子の側にいてあげるんだから』

香澄に生き物の「死」が見えるなどと知らない母親は、なだめすかして子犬を動物病院へと連れて行った。香澄の願いは叶《かな》わなかったのだ。

結局……その子犬は病院で死んだ。

誰にも看取られることはなく、翌朝には冷たくなっていたのである。

『ひとりで寂しかったよね……』

母親が引き取ってきた子犬の亡骸《なきがら》を胸に抱え、香澄はいつまでも泣きじゃくり続けた。

『かすみちゃん……泣かないでよ』

『だって……だって……ふえぇっ……ひっく……』

『かすみちゃん、ぼくがずっと側にいてあげるから……だから泣かないで』

——えっ⁉

はっきりと蘇《よみがえ》ってきた記憶に、正広は心の中で声を上げた。

——俺は、あの頃……香澄のことが？

「ねえ、正広ちゃん」

「え……あ、いや……なんだ？」

ハッと我《われ》に返った正広は、香澄の呼び掛けに慌てて問い返した。

「この子のお墓……作ってあげようと思うんだけど、よかったら手伝ってくれないかな？」

「……ああ、分かった」

正広が頷くと、香澄は小さく寂しげに微笑《ほほえ》んだ。


正広は病院の事務局から借りたシャベルで中庭の隅に小さな穴を掘り、子犬を埋めてその上に墓石代わりの石をおいた。

香澄は正広と入れ替わるようにして、その墓石の前にしゃがみ込むと、玄関の脇《わき》にある花壇《かだん》からもらってきたという花をそっと手向ける。

白い小さな花だ。

どこかで見掛けたことがあるような気がして、正広が花の名前を尋ねると、

「この花ね……わすれな草っていうのよ」

香澄はぽつりと呟くように言った。

「本当は水色の花が多いんだけど、あたしはこの色……この白いわすれな草が好きなの。花言葉は、私を忘れないで……」

「……そうか」

「正広ちゃん、ありがとうね」

手を合わせていた香澄は、立ち上がると気分を変えるかのように正広に微笑み掛けた。

無理やり浮かべている笑顔であることは明白である。

「別にこれくらいは構わないよ」

正広は思わず香澄から顔を背《そむ》けた。辛《つら》そうな笑顔を見るに耐えられなかったからだが、
過去のことを思い出して、なんとなく気まずかったせいもある。

——俺は香澄のことが好きだった……いや、たぶん今でも。

「この子、静かに眠ってくれるよね」

「そうだな……香澄が最後まで一緒にいてやったんだからな」

「うん、そうだったら嬉しいな」

寂しげに微笑む香澄の表情を見て、正広はもう自覚せずにはいられなかった。

——俺、やっぱり香澄のことを……。

改めて自分の気持ちに気付くと、胸がはち切れそうなほど鼓動が高鳴った。

香澄を抱きしめたい。

ずっと香澄の側にいたい。

そんな衝動を抑えつつ、正広はゆっくりと口を開いた。

「香澄……昔のこと……覚えてるか？」

「うん。だから、この子には最後までついていてあげたかったの」

「俺さ、あの時お前に言ったよな。ずっと一緒にいるって……」

「……え？」

香澄はそこで、正広の予想とは違って小さな驚きの声を上げた。

「俺な……今まで忘れていたけど、香澄……今でも……」

「正広ちゃん」

不意に香澄は正広の言葉を遮った。

「もう昔の話だよ。そういうの……やめよう」

「香澄……？」

一瞬、なにを言われたのか分からなかった。

「もう……ダメなんだよ。たぶん」

「…………………」

「あたし、もう眠りたいから部屋に戻るね。それじゃ……ありがとう」

「え、おい……」

混乱した正広が質問を切り出す前に、香澄は逃げるようにして中庭から走り去る。

その後ろ姿を正広は呆然《ぼうぜん》と見送った。

――かわされた？　俺は……フラれたのか？

正広自身にもよく分からなかった。

香澄が正広を避けるように立ち去ってしまったのは事実だが、彼女の言葉があまりにも不透明過ぎてよく意味が分からない。

「……どういうことなんだよ？」

なにがダメ……なのだろう。

確かに昔のことだから、今は通用しないと言われても仕方がない。

だが、それは単に話のきっかけとして引き合いに出したのであって、そこから先の言葉こそが正広の言おうとしていることなのである。

そのことは、香澄にも十分に分かっているはずだ。

――香澄には誰か好きな奴《やつ》がいるのだろうか。

正広はふとそんなことを考えた。だが、仮にそうだとしてもあんな不可解な態度を取る必要はない。あまりにも釈然としない態度に、正広はどうしても自分が香澄にフラれたとは思えなかった。


正広は考えあぐねた末、香澄の病室へとやってきた。

どうしても香澄の態度に納得がいかなかったからだ。

あれほど正広に対して親愛の態度を見せていたというのに、気持ちを伝えようとしただけで拒否したような態度を取る。その理由が知りたかった。

正広の気持ちを受け入れられないというのであれば、せめて香澄の口からはっきりとそう言われたい。でなければ、正広の想《おも》いは中途半端なままで行き場を失ってしまうのだ。

だが……実際に香澄の部屋の前まで来ると、正広は中に入るどころか、ノックをすることすらできなかった。

「……この根性なしがっ」

正広は自分自身に苛立《いらだ》つように小さく吐き捨てた。

また、香澄に避けられるようなことになったら？

そう考えると、身体がすくんだように動かなかったのだ。自分がこれほど情けなく、小心者であったことをまざまざと見せつけられているかのようだった。

そんな時——。

「正広ちゃん」

「おわっ‼」

不意に背後から声を掛けられ、正広は思わず声を上げた。

振り返ると、そこに立っていたのは香澄本人だ。どうやら部屋にはおらず、どこかへ出掛けていたらしい。

「正広ちゃん、こんなところでなにしてるの？」

「あ、いや……」

「もしかして覗き？　正広ちゃんのエッチ」

「ち、違うっ!!　なんてこというんだよっ」

「んふふ……冗談よ、冗談。ま、ここじゃなんだし、部屋の中に入ろうよ」

香澄はいつもと同じ笑顔を浮かべている。その笑顔にホッとするのと同時に、苛立ちも感じざるを得なかった。正広が自分の気持ちを打ち明けようとしたことを、まるで忘れてしまっているかのようだからである。

「正広ちゃん、入らないの？　あたしに用事があるんじゃなかったの？」

廊下《ろうか》から一歩も動こうとしない正広を見て、香澄は不思議そうに小首を傾《かし》げた。

正広はそんな香澄の腕を強引に掴むと、正面から彼女を見つめる。

「おい、香澄」

「あ……」

正広の真剣な口振りに、なにを言われるのかを察した香澄は、途端に笑顔を消して俯き加減に視線を落とした。

「香澄、俺は……」

「ダメ」

正広が次の言葉を切り出そうとすると、またもや香澄がそれを遮る。

「だから、なにがダメなんだ？」

「ダメなんだよ。もう、昔のことでしょう」

「そりゃ、確かに昔のことだけど……俺は……」

「ダメだよ……子供の頃に言ったことだから。ね？　この話はもうやめよう」

香澄は自分の腕を掴む正広の手をそっと外した。

「でも……」

「ゴメン、正広ちゃん」

もうそれ以上は口にしないで、と香澄は柔らかいながらもきっぱりとした口調で言った。

どうあっても正広の話を聞く気はないようだ。

——香澄は何故《なぜ》こんなに俺を……俺の告白を避けようとするんだろう？

正広が気持ちを告げたとしても、嫌なら嫌だと言えばそれっきりだ。幼馴染みを相手に拒否の言葉を口にするのは辛いことかもしれないが、ここまで頑《かたく》なな態度を見せられる方がよほど堪《こた》える。

「……もういい」

なにを言っても謝り続けるだけの香澄に背を向け、正広は廊下を歩き始めていた。

# 第五章　生と死と

中庭には相変わらず多くの入院患者の姿があった。

ベンチでくつろいだり、車椅子でゆったりと散策路を散歩したりしている。

正広はそれら人々の横をすり抜け、いつもの芝生の上まで来ると、少し強い日差しを避けるようにして木陰《こかげ》に腰を下ろした。

考えてみれば、ひとりでここに来るのって久しぶりだ。こよりと一緒に来たこともあったし、最近では香澄と来ることが多かった。

——そして、ここで香澄に初めて避けられて……。

つい、あの時のことを思い出してしまい、正広は思わず頭を振った。

確かに……香澄にとっては急な話だったかもしれない。正広自身も、少し結論を急ぎ過ぎていたような気がする。今日は少し気を落ち着かせようとここまでやって来たのだ。

焦る必要はない。

正広は自分に言い聞かせるように目を閉じた。

でも、まぶたの裏に浮かんでくるのは、どうしてもあの日の香澄の表情だ。

——あの時、俺《おれ》はどうしたかったんだろう。

幼い頃《ころ》の記憶と共に、香澄に対する気持ちが溢《あふ》れ出してきたのは確かだった。

けれど、それをそのまま口にしても香澄は戸惑うだけだろう。

——もしかしたら、俺は泣いて欲しかったのかもしれない。

香澄が……幼い頃のように泣いてくれれば慰められたのだ。無理に笑顔など作って欲しくなかった。俺がついているから、だから……泣いても構わない。

香澄を守りたかったから……。

「……ああっ、ーったく!!」

ぐるぐるとまわり続ける思考を断ち切るように、正広は思わず声を上げた。

自分勝手な考えに、我《われ》ながら嫌になってしまう。

でも、香澄を守りたい気持ちは間違いなく本心だ。昔も……そして、今も。

――香澄はどう思っているんだろう？　もしかすると香澄は今の俺との関係を壊したくないのかもしれない。幼馴染《おさなじ》みという、友達以上恋人未満のこの関係を。

「いや……」

正広は自分の考えに首を振った。

それまでの関係など、正広が告白しようとした時点で終わりを告げたのだ。けれど、もしそうだとしたら「もう……ダメなの」という台詞《せりふ》はどういう意味なのだろうか？

そんな答えの出ない自問を繰り返していると、不意に正広の肩に軽い重みが寄り添ってきた。振り返ると――そこにはいつものように香澄の姿がある。

「んふふーっ、正広ちゃん、みっけ」

「香澄……」

いつの間にか、正広に気付かれないように背後にまわっていたようだ。

「ダメだよぉ。ここでひとりでのんびりしちゃ」

「なんだよ、それ」

悪戯《いたずら》っぽく微笑《ほほえ》む香澄から、正広は反射的に顔を背《そむ》けた。以前なら安心できた笑顔も、今では正広を苦しめる以外の何物でもない。

「あたしを放っておいて、ここでまったりしちゃダメってこと」

「……言ってろ」

正広は香澄を適当にあしらうと、再び逃げるように目を閉じる。

本当は「どういうつもりなんだ？」と訊《き》いてみたかった。でも、それを口にしたら、香澄はまた避けるような態度を取るだろう。

正広は臆病者《おくびょうもの》だった。

この香澄といる瞬間のためだけに、問題を後まわしにしようとしているのだ。背中に感じる香澄の温《ぬく》もりが、安心と同時に焦燥感《しょうそうかん》を正広に与え続けていた。

「ね、正広ちゃん」

「なんだ？」

「……ううん。なんでもない。ただ呼んでみただけ」

「なんだよ、そりゃ」

焦りと苛立《いらだ》ちをなんとか隠しながら、正広はどうするべきかと悩み続けていた。

だが、ただ迷っても答えなど出るはずもない。

日が沈むまで、正広たちはほとんど言葉を交わすこともなく、ただ寄り添っていた。


翌日――。

正広は、屋上に来てから何本目かの煙草《たばこ》に火を点《つ》けた。

もうどれぐらいここにいるのか覚えていなかったが、空はいつの間にか夕焼けに染まっている。だが、正広はそこから動こうとはしなかった。

動けなかったのである。

この屋上に来たのは香澄から逃げたかったからだ。

顔を合わせると、どうしても香澄を問いつめてしまいそうになる。けれど、香澄が明確に答えてくれないことに苛立ちを感じているにも関わらず、はっきりと拒絶されてしまうのも怖《こわ》かったのだ。

だから、こうして香澄の目の届かないところにいる。

正広はそんな自分が情けなかった。

どうすればいいのか分からなくて……ただ風に吹かれ続けていた。足下に転がる吸《す》い殻《がら》の数が、正広の戸惑いを表しているかのようであった。

「くそっ……」

正広は咥《くわ》えていた煙草を足下に投げ捨てると、新しいのを取り出そうとした。

だが、買ってきたばかりの煙草はすでに一本も残っていない。正広は空になった煙草の箱を握りつぶして、そのまま屋上の床に叩《たた》きつけた。

「そんなにイライラするもんじゃないよ」

煙草の箱が跳ねるのと同時に、どこからか聞いたことのある声が響いてきた。

真っ赤に染まった屋上の景色にふわりと黒い影が舞い降りてくる。

「……ひとりでいたいんだ。悪いけど消えてくれ」

「それは邪魔をしたね。でも、キミに少し話があるんだ」

素っ気ない言い方をしたにも関わらず、エアリオはまったく気にした様子もなくいつものように無表情のまま正広を見つめてきた。

「いい知らせと悪い知らせだ」

「……なんだ？」

「そうだね。まずいい知らせから」

エアリオは少し間をおいてから、キミのことだけどね……と、おもむろに言った。

「もうキミは死の影から解放された」

「……え？」

「助かったんだよ。ああ、キミの『力』はもう使えなくなってるからね」

「い、いや……待てよ。お前の話だと月が全部欠けるまでって……」

あまりにも突然の話に動揺しながら、正広は思わず空を見上げた。まだ月は顔を出していなかったが、確かすべて欠けるまでにはあと数日あったはずだ。

「あれは大体の目安さ。キミが効率よく『生』を吸い取ったからだろう」

「そ、そうか……」

「嬉《うれ》しくないのかい？」

「いや、そんなことねえよ」

これで憂鬱《ゆううつ》な日々から解放されるのだ。エアリオの言うようにもっと喜んでいいはずだったが、正広はどうしてもそんな気分にはなれなかった。

あれほど「死」を恐れて必死になっていたのが、まるで嘘《うそ》のような気分だった。

「……まあいい。次に悪い知らせだ」

エアリオは少し鼻白んだような表情をすると、事務的な口調で話を続けた。

「キミは朝比奈香澄という女性と仲がいいね？」

「え……ああ、幼馴染みだけど」

正広はエアリオの言葉にドキリとした。

どうして、ここで香澄の名前が出てくるのだ？

「彼女はもうすぐ死ぬ」

戸惑う正広に追い打ちを掛けるかのように、エアリオはさらりと重大な言葉を口にした。

「え……お、おい……」

「キミには伝えておこうと思ってね」

「ち、ちょっと待てよ……そんな冗談、笑えねえぞ」

「残念だけど、ボクは冗談なんか言える存在じゃない」

「おい……なんでだよ？　なんで香澄が死ななきゃならないんだ？　どういうことなんだよ、エアリオっ!!」

正広は噛《か》みつかんばかりの勢いでエアリオに迫った。

どうして、エアリオが自分にそんなことを教えたのか……。

そんな疑問を持つ余裕すらなく、正広は目の前が真っ暗になるほどの衝撃を感じていた。

「まさか、俺が香澄の『生』を吸い取ったからか？」

「それは関係ない」

「じゃあ、どうしてだよ!?　なんで香澄がっ!?」

「どうして……と訊かれてもね。ボクには、それが彼女の寿命だったとしか言えないよ。キミも元々彼女の身体《からだ》が弱いことを知っているんだろう？」

「そ、それは……」

確かに香澄は身体が弱くて、現にこの病院に入院しているのも風邪《かぜ》をこじらせたからだとか言っていたし、言葉の端々から何度も入退院を繰り返していることも分かった。

けれど……香澄はあんなに元気で、いつも笑っているのだ。

「な、なあ、エアリオ。香澄が助かる方法があるんだろ？　俺が助かったみたいに、香澄も助ける方法があるんだろう？」

「……確かにあるよ」

「本当かっ⁉」

エアリオがあまりにも簡単に答えたので、拍子抜けしてしまう思いだった。

「ああ、方法がないわけじゃない」

「頼むよ、教えてくれ」

再会してようやくうち解けることができたのだ。

やっと自分の気持ちに気付いたばかりなのだ。

これで命の心配がなくなったというのなら、これからは正面を向いてつき合い、願わくばずっと側《そば》にいたかった。香澄が正広を受け入れるかどうかは分からないが、どんな形であっても彼女を支えてやることはできるはずである。

けれど……彼女が死んでしまえば、それすら叶《かな》わないのだ。

「なあ、エアリオ。頼むから……」

　正広が懇願すると、エアリオは自分で言ったにも関わらず、少し考えるような感じで目を閉じる。正広は焦る気持ちを抑《おさ》え、エアリオが再び目を開くのをジッと待った。

「人々から死神として畏怖《いふ》されるボクが、まさか人間に頼み事をされるとはね」

　エアリオはそっと目を開くと、正広の前に手を差し出した。

　手のひらには、金色で縁取りされた小さな砂時計が乗っている。砂がさらさらと、時を刻むようにこぼれ落ちていた。

「もし、残された時間の砂時計が手に入ったら……」

「え……？」

「キミは後悔してでも、砂時計をひっくり返して時間を手に入れるかい？　それとも、それが自分の運命だと信じて、そのまま砂が落ちきるのを待つか？」

　エアリオが砂時計になぞらえて、なにを言おうとして

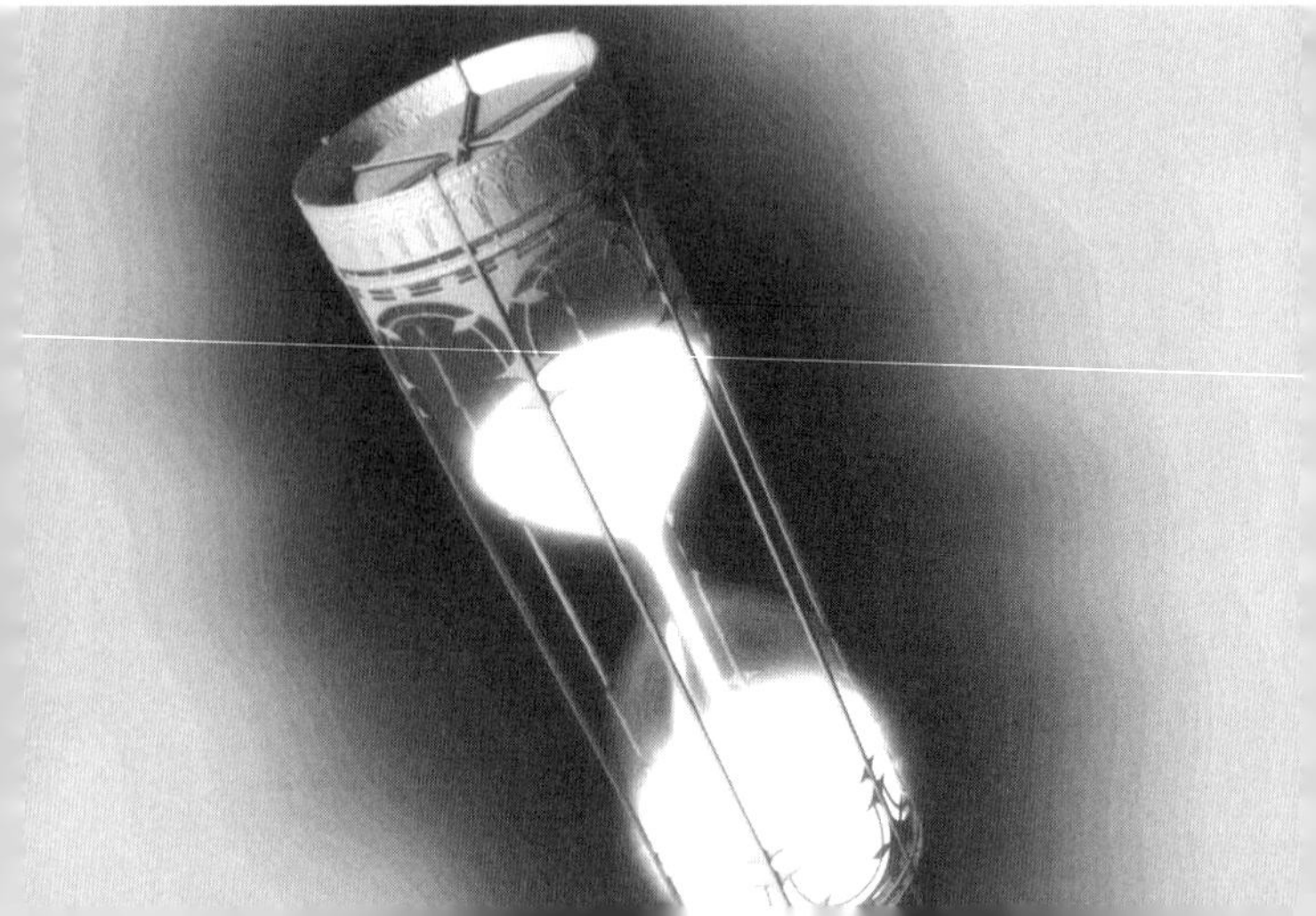

いるのか分からない。だが、それが重要な意味を持つことだけは理解できたので、正広は真剣に答えざるを得なかった。

「そうだな……砂が落ちきるまで待つよ」

「……そうか」

「でも、ただ待つわけじゃない。それまでの時間を、必死になってもがいてみるさ」

しばらくの間、沈黙がふたりを包んだが、やがてエアリオは無言のまま砂時計を懐にしまい込むと、正広を正面から見つめた。

「なら、ボクも……そろそろ砂時計を返すのをやめにするよ」

いつも冷たい視線を向けるエアリオが、ほんの少しだけ笑ったような気がした。

「分かった。教えよう」

エアリオは口調を改めると、香澄を助けることのできる方法を正広に告げた。

「ただし、彼女を助けるにはキミの命が必要だ」

消灯後の廊下《ろうか》を歩いて香澄の病室の前まで来た正広は、ドアの前で立ち止まったまま頭を整理するかのように、エアリオの言葉を思い出していた。

エアリオは、確かに香澄を助ける方法を教えてくれた。

正広が香澄に「命」を与えるのならば、という条件つきで……。

「いくらボクでも、簡単に人の寿命をねじ曲げることはできない。方法は今までキミが生《い》き延《の》びてきたのと同じだ。ただし立場は逆になる」

「それって……」

「そう、今度はキミが彼女に『生』を与える側になるんだ。セックスを通じてね。ただし、やりとりする『生』の量が多いだけに、キミは確実に命を落とすことになる」

エアリオの説明を受けた時には、もう正広の心は決まっていた。迷いはない。たとえ自分が死ぬことになろうと、香澄には生きていて欲しかったのだ。

けれど……。

「なんと言って説明すりゃいいんだ？」

正広はそのことに頭を悩ませ続けていた。

まさか香澄の寿命が尽きようとしているから、代わりに俺が死ぬ……などと言えるはずもない。『力』はもう使えないらしいので、強引に抱くわけにもいかないのだ。

やはり説明して納得させるしかないだろう。

――迷っていられるかっ。

こうしている間にも、香澄の身に死が迫ってきているのだ。とにかく、香澄に会わなければ話にならない。

「よし、行くぞ」

正広は思い切って病室のドアを開けた。

消灯からしばらく経《た》っているにも関わらず、部屋には灯《あか》りがついている。香澄はまだ寝ずにいたらしい。

「正広ちゃんっ⁉」

ベッドに座っていた香澄は、突然入ってきた正広に驚いたような表情を浮かべた。

「よ、よう……」

「もうっ、今までどこへ行ってたのよ」

香澄は立ち上がると、正広を問いつめるように睨《にら》みつけてきた。

その様子はいつもとなんら変わるところはなく、数日もしないうちに死を迎えるなど、エアリオの話を聞かなければとても信じられなかっただろう。

「あたし、ずっと捜してたんだからねっ」

「いや……その……」

香澄の追及に正広は思わず言葉を濁した。

覚悟を決めたつもりだったのに、本人を目の前にするとどうしても怯《ひる》んでしまう。いくら助けるためとはいえ、これから香澄を抱かなければならないのだ。

正広がそのことをどうやって伝えればいいのか悩み続けていると……。

「え……っ⁉」

香澄が不意になにかに気付いたように短い声を上げた。目を大きく見開き、まるで信じられないものを見るかのように、ジッと正広を見つめてくる。

「香澄？」

「……う、嘘……なんでっ⁉」

不審に思った正広が声を掛けると、香澄は狼狽《うろた》えるように声を震わせた。

「どうして……どうしてよっ⁉」

「お、おい、香澄……」

「なんで、なんで正広ちゃんがっ⁉」

香澄はよろよろと近付いてくると、いきなり正広の腕を掴《つか》んだ。

「おい、ちょっと待てよ‼　どうしたんだ⁉」

なんとか落ち着かせようとするが、強く握った手を離そうとはしない。

「なんで正広ちゃんが死んじゃうのよっ⁉」

「え？」

香澄の叫ぶような言葉に、正広は思わず自分の耳を疑った。

――俺が……死ぬ？

「なんで見えるの⁉　なんで正広……ちゃん……が」

第五章　生と死と

言葉を詰まらせた香澄は、正広を見つめたまま泣き出してしまった。

あの子犬の時と同じように……香澄には正広の死が見えているらしい。

——どういうことだ？

正広は思わず眉根《まゆね》を寄せた。エアリオはもう「死」から解放されたと言っていたはずだ。

まだ死から完全に解放されていないのか……。あるいは香澄に「生」を与えようとしているために、それが「死」の影となって現れているのかもしれない。

「香澄……大丈夫だ。俺は死なないから」

「でもでもっ、だって見えてるんだよっ‼　正広ちゃんが死ぬのが見えちゃってるんだよぉ」

「なあ、香澄。死神って……信じるか？」

「ひっく……しにがみ……」

いきなり正広の口から出てきた言葉に、香澄は鼻を鳴らしながら顔を上げた。

「ああ、死神だ。俺には死神の知り合いがいるんだ」

「そ、そんな子供みたいなこと言って誤魔化さないでよ」

「本当にいるんだよ。俺は……そいつから死ぬって言われたんだ」

「ま、正広ちゃん」

正広の真剣な口調に気付いて、香澄は驚いたように息を呑《の》む。

「でも、死神は俺を殺しにきたんじゃない。逆に生き延びる方法を教えに来てくれたんだ」

「そ、そんなこと言わないでよぉ……正広ちゃん、ひどい……」

「真面目《まじめ》に聞いてくれっ!!」

正広が大声を上げると、香澄はビクリと身体を震わせた。

「……怒鳴って悪い。でも本当のことなんだ」

「正広ちゃん……でも……」

それでも信じられないのか、香澄は半信半疑といった感じで、正広の真意を探るような瞳《ひとみ》を向けてくる。もちろん簡単に信じてもらえるとは思っていなかったが、香澄にはどうしても言わなければならない。

たとえ、それが嘘をつくことになったとしても。

「ちゃんと助かる方法があるんだ。それには、お前の協力が必要だけど」

「あたしの？　な、なに？　なにをすればいいの？」

「それは……」

正広は少し考えたが、言葉で説明するよりは行動した方が早い。正広は香澄の身体を引き寄せると、その唇に軽くキスをした。

「……ま、正広ちゃん」

「いきなりで悪かった。でも、これが俺の助かる方法なんだ。死神が言うには、誰《だれ》かから『生』ってやつを分けてもらえばいいらしい。その方法が……」

「キスをするの？」

「いや……その、もっと深い繫《つな》がりが必要らしい」

正広は咄嗟《とっさ》に言葉を濁した。

さすがに香澄を前にして、直接的な言葉を口にすることができなかったのだ。だが、それで十分に意味は伝わったはずである。

「香澄……」

そっと香澄の頰《ほお》に手を伸ばす。

「……っ!!」

ビクッと香澄の身体が小さく震え、正広は思わず手を引きそうになる。だが、今は香澄の命が掛かっているのだ。持てる限りの勇気を振り絞って香澄の頰に触れた。

「なあ、俺を助けてくれないか？」

正広の中でただひとつ確かなこと。

それは香澄を助けたいということだった。

だから、香澄が正広に死の影を見たのはある意味チャンスだ。本当のことを話しても、香澄は絶対に頷《うなず》かないだろうから……。

「なあ、ダメか？」

「ダメ……じゃないけど……でも……」

香澄は躊躇《ためら》うかのように、正広と目を合わせようとしない。

正広はそんな香澄を強引に抱きしめると再び唇を重ねた。唇を割って軽く舌を絡めるキス。突っぱねられるかと覚悟したが、香澄は少しだけ舌を出してそれに応《こた》えてくれた。

「はふっ……」

唇を離すと、香澄は少し甘いため息をつきながら、また下を向いてしまう。

「俺、他《ほか》の奴《やつ》とこんなことしたくないんだ」

こんな時に卑怯《ひきょう》だとは思ったが、これだけは伝えなければならない。嘘をついてでも助けたい相手だからこそ、自分の気持ちをちゃんと知っておいてもらいたかったのだ。

「香澄のことが好きだ」

本当はこんな形ではなく、この言葉を言いたかった。

すべてが終わって……香澄が騙《だま》されていたと知った時、彼女はこの言葉すら嘘だと思うだろうか？

正広にとってそれが一番怖いことだったが、それでも口にせずにはいられなかった。

「……うん」

しばしの沈黙の後。

正広の言葉に、香澄はようやく小さく頷いた。

「あたしも本当は……正広ちゃんのこと……だから……」

香澄の言葉を最後まで聞いていられなくて、正広は再び彼女を抱き寄せて唇を塞《ふさ》いだ。

「香澄……」

十分に愛撫《あいぶ》した香澄の秘裂に、正広はそっと自分自身をあてがいながら優しく囁《ささや》いた。

香澄はおそらく初めて感じるであろう快感に唇を震わせる。

「ま、正広ちゃん……」

「分かってる」

震える香澄を安心させるように頷くと、正広はゆっくりと腰を突き出し始めた。

「あッ!!　……ンンッ……やッ、痛ッ……」

秘裂を押し開いていくように進入していくと、香澄は痛みに表情を歪《ゆが》めた。

本当だったらここで動きを止めるべきなのだろうが、正広はもう止まらなかった。『力』を使わずに香澄を抱いている。そのことが正広の頭を白濁とさせていたのだ。

「んふッ……あっ……ま、正広ちゃんっ」

「……香澄」

香澄が苦悶《くもん》の表情を浮かべながらも、正広のモノを徐々に飲み込んでいく。まるでお互いの存在を確かめ合うように、名前を呼び合いながら抱きしめ合う。

やがて、正広自身はすべて香澄の中に消えた。

「はあはあ……ンッ……ま、正広ちゃんが……あたしの膣《なか》にいるよぉ」

苦しそうに息をつきながら、それでも無理をして微笑む香澄。そんな香澄を見ながら、正広は心の中でホッとため息をついた。

——香澄も俺のことを好きでいてくれた。

そのことだけが、香澄に嘘をついている罪悪感から正広を解放してくれるような、そんな気がした。

「動いて……いいか?」

「う、うん……ゆっくりお願い……」

香澄の言葉に、正広はゆっくりと動き始めた。

「ヤッ……あぁッ……んふッ……ンッ……あッ」

正広のモノに絡みついてくる肉壁がこすれる度に、香澄は息を詰まらせたような声を上げる。それは痛みの中に、少しだけ快感が混じっているようにも聞こえて、正広は少し腰の動きを速めた。

「ンッ、やッ……正広ちゃんが……出たり入ったり……してるよぉ」

香澄の声が痛みから快感に変わるのは、正広が想像していた以上に早かった。

もしかして、まだ『力』の片鱗《へんりん》が正広に残っていて、それが香澄の性感を高めているのかもしれない。どちらにしても、香澄があまり苦痛を感じないのであれば幸いだ。

「ま、正広ちゃん……ふッ……もっと……速く動いて……」

香澄の表情にも幾分かの余裕が見えてくる。

——香澄が俺に感じてくれている。

それだけで、正広の性感は否応なしに高まり、腰の動きは自然に速さを増していった。

「ふああッ……やッ……な、なに⁉　ンンッ、へんだよぉ……なにか……熱い……」

正広が下腹に腰を打ち込んでいく度、その動きに合わせるように香澄の肩がぶるぶると小刻みに震えた。両の乳房が弾《はず》むように揺れている。

「ヤダッ……ふあッ……‼　な、なんか……ビクビクきちゃう……」

徐々に迫ってくる絶頂をどう受け止めてよいのか分からないかのように、香澄は正広の身体にしっかりと腕を絡め、力の限り抱きついてきた。

「香澄……香澄っ」

正広も香澄を強く抱き寄せ、力の限りに腰を打ちつける。

「なにかきちゃうよぉ……ああッ……やっあああッ……!!」

香澄の身体がガクガクと震え出すと同時に、彼女の内部がビクビクと大きくうねり、正広を千切らんばかりに締めつけてくる。

「くっ……」

香澄の中から自分を引き抜くことも忘れ、正広はそのまま香澄の膣で果てた。

「ふあぁ!!　ああッ……ンッ……ま、正広ちゃぁん」

絶頂の余韻《よいん》にガクガクと身体を小刻みに跳ねさせながら、香澄は正広の腕の中で射精の感覚に甘い吐息を漏らしていた。

「ねえ……正広ちゃん」

激しく愛し合った後、ベッドの上で重なるように抱き合っていると、不意に香澄が囁くような声で話し掛けてきた。

「なんだ？」

「今までゴメンね。あたし、本当は正広ちゃんの気持ち知ってた」

そう言って香澄は正広の胸に顔をすり寄せてきた。

「でも、お姉ちゃんに悪くて……。だから、正広ちゃんの話を聞かないようにしていたの。正広ちゃんに告白されたら、断れないから……」

「お姉ちゃんて、あみのことか？」

「うん、お姉ちゃんも、正広ちゃんのこと好きだったんだよ」

「……………」

香澄の髪を弄《もてあそ》ぶようにとかしながら、正広は無言のまま話を聞いた。

「でも、お姉ちゃんが死んじゃって……あたしだけ幸せになったら悪いなって、ずっと思ってたの。だから……」

香澄は声のトーンを少し落として呟《つぶや》く。

「それに、あたしは本当は正広ちゃんに好きになってもらえるような人間じゃ……」

「香澄」

それ以上は言わなくていい、と正広は香澄の唇を指で塞いだ。

「……正広ちゃん」

「もう、いいんだよ。俺が好きなのは香澄なんだから」

「ありがとう……正広ちゃん」

静かに目を閉じる香澄の髪を、正広はそっと撫《な》でた。香澄は幸せそうな、それでもどこか戸惑っているような吐息を漏らす。

すべてが終わった後……香澄はどんな顔をするのだろう。

でも、正広に残された方法はこれしかなかった。


「へへーっ」

「……ったく、さっきからうるせえな。気持ちの悪い笑い方するなよ」

「あー、そういうこと言うんだ？　本当は昨日《きのう》のでお腹がすっごく痛いんだからね。それを我慢して、こうやって正広ちゃんを心配させないようにしてるのに」

「……んな恥ずかしいことを大声で言うな」

正広は思わず顔を赤らめた。

翌日——。

中庭の木陰で、正広たちはいつものように背中合わせで座りながら、他愛のない会話をしてゆったりとした時間を過ごしていた。

おそらく端から見れば、仲のよい幸せなカップルに見えることだろう。

「いいから、少しは黙ってろ」

「ぷーっ、分かったわよ」

香澄は頬を膨らませると、渋々といった感じで黙り込む。背中越しなのでよく分からなかったが、正広は拗《す》ねてしまった香澄の顔を想像して苦笑いを浮かべた。

暖かな日差しと、頬を撫でていく優しい風。

そして、背中に伝わってくる香澄の体温と柔らかい感触。

正広にとって今のこの瞬間は至福の時だと言えるかもしれない。でも……この幸せな時は、すぐに消えてなくなることを正広は知っている。

知った上で香澄を騙しているのだ。その事実が、どうしても正広を素直に喜ばせてくれず、なんともいえない歯痒《はがゆ》さを感じさせ続けていた。

でも、これだけはハッキリと言える。

正広は香澄に生きていて欲しいし、ずっと笑っていて欲しかった。

そのためには……なんでもするつもりであった。

「ね、正広ちゃん」

黙っていた香澄が、前触れもなく呟いた。

「なんだ？」

「ねえ……正広ちゃん、死神さんに助かる方法を教えてもらったって言ってたよね？」

香澄の口調はさっきまでの軽いものではなく、神妙な響きを持っていた。

「ああ、そうだけど……」

「もしかしたら、その死神さんだったら、正広ちゃんを一気に治す方法を知ってるのかもしれないよ」

「さあ……どうだろうな」

正広は曖昧《あいまい》に言葉を濁した。

エアリオに聞いたのは、香澄を死なせない方法でしかないのだ。たとえ香澄と正広の立場を置き換えて考えるとしても、一気に治す方法があるのなら、あの物事を合理的に片付けようとするエアリオのことだから、さっさと教えてくれているはずである。

「その死神さんに、直接訊きに行こうよ」

「そ、それはたぶん無理だと思うぞ」

正広は慌てて言った。

そんなことをして事実を知られてしまうわけにはいかない。

「でも、またなんで急にそんなことを思いついたんだ？」

正広の問い掛けに、香澄の声のトーンが一気に下がる。

「あたしね……なんていうか……正広ちゃんと好き同士になったのは本当に嬉しいんだよ。でも、まだなんか違うような気がするの」

それにお姉ちゃんのこともまだ……と、香澄は小さな声で続けた。

どうしても、「命」のやりとりをする上でのつき合いという印象を拭《ぬぐ》いきれない上に、まだあみのことも完全に吹っ切ったわけではないらしい。

「あたしは、ちゃんと正広ちゃんとつき合いたいの」

こんな状況に流されたような関係では納得できない、ということだろうか。

「でも、あいつが人間に協力なんかするかなあ」

今まで助けて貰《もら》いながら酷《ひど》い言いぐさではあるが、おそらくエアリオの反応は正広の考えているとおりだろう。

「やってみなくちゃ分からないでしょ？」

「そりゃ、そうだが……」

「ね、正広ちゃん。死神さんはどこにいるの？」

香澄はそう言って立ち上がった。

どうあってもエアリオに会うつもりでいるらしい。

「え……よく屋上にいるけど……」

「屋上ね」

香澄はしっかりと頷くと、正広の手を取って無理やりに立たせた。

「お、おい……香澄」

引き留《ひと》めようとする正広の声を無視して、香澄はそのまま歩き始めた。


「ここでいいの？」

屋上に上がってくると、香澄はキョロキョロと辺りを見まわした。だが、死神がそう簡単に人前に姿を現すはずもない。

「おい、エアリオ」

正広は誰もいない空間に向かって声を掛けた。

「……えありお？」

「ん、ああ、死神の名前だよ」

香澄にそう説明しながら、正広はもう一度声を上げてエアリオを呼んだ。

だが、今日に限ってどこか違う場所へ出掛けているのか、めずらしく姿を現さなかった。

「……今日はいないみたいだな」

「ええっ⁉　どうしてぇ」

「あいつがいるのは、たいてい夜だからな。ま、時々は昼とか夕方にもいるけど。いつ来るのかはさっぱり分からないんだ」

正広はそう言って肩をすくめたが、内心では違うことを考えていた。

――もしかして、香澄の前に出ることを避けているのだろうか？

もう慣れてしまって気付かなかったが、本来の死神という立場を考えると、正広の前に頻繁《ひんぱん》に姿を現すことの方が異例なのかもしれない。

「んじゃ、待つ」

「はあ？」

「死神さん……エアリオさんだっけ？　その人が来るまでここで待ってようよ」

香澄はそう言って、金網にもたれるように座り込んだ。どうやら本気で夜になるまでここに居座るつもりらしい。

つまり、それだけ……エアリオと直談判《じかだんぱん》までして正広を助けたいと思っているのだろう。

話したところでエアリオがまともな答えを返すはずはないし、ましてや香澄が知りたがっている正広を助ける方法など存在しないのだ。

正広自身が命を維持する「生」を香澄へと与えているのだから……。

だが、そんな香澄の想《おも》いを、正広は無意味だと言い捨てることはできなかった。

「分かったよ。んじゃ、のんびりと待つか」

正広はため息をついて香澄の隣に腰を下ろすと、ポケットから煙草を取り出した。

だが、咥えて火を点けようとすると、

「だめーっ」

香澄がひょいと煙草を取り上げる。

「なにするんだよ？　いいじゃないか、煙草ぐらい」

「ダメなものはダメ。身体に悪いでしょ」

「お前は俺の保護者かよっ」

「保護者じゃないけど恋人だモン」

香澄は自分でそう言っておきながら、自分の言葉にハッとしたように動きを止める。

正広もどう反応していいのか分からず、ふたりの間にしばらく気まずい沈黙が流れた。

確かに恋人……なのだろう。

お互いの意志を確認し合っているのだから、そう言っても間違いではない。けれど、まだ慣れないだけに、そう口にされるとなんとなく気恥ずかしい感じがするのだ。

——こういうのって免疫《めんえき》がないからな。

正広は照れ隠しのように、新しい煙草を取り出した。

「あーっ。ダメだって言ってるでしょう。人がせっかく心配してるのにっ!!」

「……ま、その心配だけありがたくもらっとく」

香澄が伸ばしてきた手を避けるようにして、正広は素早く煙草に火を点けた。

「ぶーっ、もういいわよ。長くなりそうだから今だけは許してあげる」

「そりゃどうも」

頬を膨らましている香澄に適当に答えながら、正広はゆっくりと煙を吐き出した。

心配してくれるのはありがたいのだが、今更身体を気遣《きづか》ってもあまり意味はない。数日もしないうちに、正広の「生」は尽きてしまうのだから。

ぼんやりと沈む夕日を眺めながら、正広は後どれほど生きていられるのだろうと考えた。

はっきりとは分からないが、それほど時間が残されているとも思えない。連続して「生」を与え続けるのだから、せいぜい今日か明日といったところだろうか。

――だけど、なんで俺はこんなに冷静でいられるんだろう。

以前はあれほど恐れた「死」が目前に迫ってきているというのに、正広は自分でも不思議なくらい落ち着いていた。あの「死」に至る苦しみに恐怖し、少女たちから必死になって「生」を吸い取り続けていたのがまるで嘘のようだ。

正広は隣の香澄をチラリと横目で見た。誰かを好きになる……大切に思うということは、計りしれないほどの勇気を与えるのかもしれない。

「……今日はもう来ねえかもな、あいつ」

完全に日が沈んで辺りが夕闇《ゆうやみ》に包まれ始めた頃、正広は何本目かの煙草を揉《も》み消《け》しながらぽつりと言った。

「ううん、待つの」

「頑固な奴だな。俺は戻るぞ」

これだけ待っても現れないところをみると、今日はもう姿を見せないのか、あるいはその意志がないのか……だ。

「あたしは待つ」

「だけど、お前……」

「もう少しだけ。死神さんが来なければ、その……ここでしてもいいから」

香澄は躊躇うように囁いた。

一応、正広と毎日肌を合わせなければならないことだけは覚えているらしい。

「明日でもいいだろう。エアリオに会うのは」

「お願い、もう少しだけでいいから」

香澄は懇願するように、立ち上がり掛けた正広の腕を掴んだ。

実際は逆なのだが、香澄はエアリオと話すことによって、なんとか正広を助けようとしているのだ。それが分かるだけに、正広としても強引に立ち去ることはできなかった。

「……分かったよ、でも後少しだぞ」

「ゴメンね、正広ちゃん」

「ーったく」

正広は文句を言うふりをしたが、本当に謝るのは自分の方だと自覚していた。

せめて香澄の気の済むまでは……と、再び屋上に腰を下ろそうとした時。

「あっ」

正広は給水塔《きゅうすいとう》の上に現れた黒い影を見て声を上げた。

「えっ？」

香澄も正広の声に気付き、その視線の先をたどるようにして顔を上げる。

ふたりの視線の先。そこにはいつものように大きな鎌《かま》を軽々と肩に担いでいる死神が、月を背負うようにして正広たちを見下ろしていた。

「いるならいるって言えよ。俺たちがお前を待っていたの、分かっていたんだろう？」

正広は立ち上がって文句の言葉を口にしたが、エアリオは返事をするどころか、ピクリとも動かなかった。

「エアリオ？」

なんだかいつもとは様子が違うことに気付いて、正広は思わず首をひねった。

よく見ると、エアリオは正広ではなく、その背後にいる香澄の方にきつい視線を送っている。やはり他の者には死神の存在を話してはいけなかったのだろうか……と、正広が言い訳の言葉を口にしようとした時。

「嘘……いやっ……なんでっ⁉」

「香澄？」

突然聞こえてきた声に、正広は慌てて振り返った。

「いやっ、いやぁあっ!!　なんでっ!?」

「お、おい……香澄」

正広が呼び掛けても、香澄はエアリオを見つめたまま嗚咽《おえつ》混じりの悲鳴を上げ続ける。

スッと背後でエアリオが屋上に着地する音が聞こえたが、今はそんなことにかまっていられない。香澄はまるで狂乱してしまったかのように、頭を抱えてその場にうずくまってしまったのだ。

「お、おい……どうしたんだよ!?　香澄っ!!」

なんとか落ち着かせようと香澄の肩に手を掛けた正広は、彼女が小さく囁く言葉に思わず息を呑んだ。

「なんで……お姉ちゃん、なんで……」

# 第六章　すべてを無に

——今、なんて言ったんだ？

正広は香澄の肩に手を掛けたまま凍りついた。

「お姉ちゃん……あたし、あたし……」

「……っ⁉」

空耳でなかったことを知ると、正広は思わずエアリオの方を振り返った。

途端《とたん》——まるで今まで堰《せ》き止められていたかのような記憶の波が、正広の脳裏から一気に溢《あふ》れ出してくる。

この数日間、ずっと見続けていたエアリオの顔。

そして、何故《なぜ》かまったく思い出すことのできなかったあみの顔が、まるでフラッシュバックのように次々と頭の中を駆けめぐった。

そのふたつの顔は正広の記憶の中でピタリと整合する。

「エアリオ、お前は……」

正広は目の前に立つ死神の少女を凝視した。

「あみ……なのか？」

正広は自分でも信じられない質問を投げ掛けたが、死神の少女から答えは返ってこない。

なんだか頭の中をぐちゃぐちゃに掻《か》きまわされたような気分だった。

過去の記憶と現在の状況。それらすべてが複雑に絡み合い、正広の思考の範疇《はんちゅう》を大きく超えてしまっている。

　混乱する正広と、何故かエアリオに謝り続ける香澄。

　そのふたりを前にして、死神の少女だけは冷静だった。無表情のまま、普段よりも冷淡な瞳《ひとみ》で泣き崩れる香澄を見つめ続けている。

「ごめんなさいっ、お姉ちゃん、ごめんなさいっ……ううっ」

「お、おい……香澄、しっかりしろ」

　まだ正広自身も混乱したままだが、とにかく香澄をなんとかしなければならない。香澄の取り乱しようは、どう見ても尋常ではなかった。

「一体、なにをそんなに……」

「えぐっ……あたし、お姉ちゃんを殺したも同じなのっ」

「……っ⁉」

「あたし、お姉ちゃんが死んじゃうの……知ってた。でも言えなかったの……っ‼」

　香澄の突然の告白に、正広は言葉を失ってしまった。

「お姉ちゃんは、いつも正広ちゃんと一緒なのに……あたしは部屋から出られなくて……いつもすごくうらやましくて」

「…………………」

　エアリオはその突き刺さるような視線を変えずに、香澄を射抜き続けている。

「あたし、お姉ちゃんが正広ちゃんを好きなの知ってた……正広ちゃんも、お姉ちゃんのこと……だから、だから……お姉ちゃんなんか死んじゃえばいいって……」

「香澄……」

正広は香澄が自分の告白をどうしてあそこまで避けようとしていたのか、ようやく理解した。単にあみを気遣《きづか》うだけではなく、ここまでの罪悪感を感じていたからこそ、素直になることができなかったのだろう。

「お姉ちゃんが死んじゃえば、正広ちゃんはずっと一緒にいてくれると思って……。だから……うくっ……ごめんなさい。ううっ」

香澄はひたすらエアリオに……いや、あみに謝り続けている。そんな姿を、正広はどうすることもできずに見つめ続けていた。

「正広くん」

「え？」

不意に名前を呼ばれ、正広はハッとエアリオを見た。

——この呼び方はエアリオのものじゃない。あみが俺《おれ》を呼ぶ時の……。

「香澄を連れていってくれ」

「え、だって……」

「早くしろっ!!」

正広は、エアリオが感情を露《あら》わにしているところを初めて見た。そしてそれは、幼い頃《ころ》とは口調こそ違うものの、エアリオがあみであることを示している。

「お姉ちゃん……ごめん……ごめんなさい」

「香澄……」

正広は香澄の身体《からだ》を起こすと、抱きかかえるようにしてエアリオに背中を向けた。

ふたりが屋上から姿を消すまでの間、エアリオは一言も口を聞こうとはしなかった。


「おねえちゃん……うくっ……」

正広がなんとか病室まで連れてきた後、香澄はずっと嗚咽《おえつ》を漏らしながらあみの名前を呼び続け、そして謝り続けた。

それは後悔などという生易しいものではない。

香澄は過去の自分の罪を、現実として目の前に突きつけられてしまったのだ。

そんな香澄を前にして、正広は為《な》す術《すべ》もなく彼女を見つめていた。掛けるべき言葉をどうしても見つけることができなかったのである。

「……香澄」

「いや、もう放っておいてっ!!」

そっと香澄の頭を撫《な》でようとした正広は、その手を邪険に振り払われて、思わず手を引いてしまった。ここまでの激しい拒絶を受けたのは初めてだ。

「出ていってよ……あたし、正広ちゃんに慰められるような人間じゃない……うぐっ」

決して強い口調ではなかったが、香澄の言葉は何者も寄せつけない激しさがあった。

「だけど……」

「放っておいてっ!!　……ひとりにして」

香澄は頭を抱えたまま小さく首を振る。

だが、正広としてはこのまま立ち去るわけにはいかなかった。こんな状態の香澄をひとりにしておくなどできなかったし、なによりも彼女に「生」を与えるという重要なことを済ませなければならないのだ。

「俺を……救ってくれるんじゃないのか？」

正広は言い出しにくいことを敢《あ》えて口にした。

過去に犯した自分の過ちに苛《さいな》まれる香澄を、できることならしばらくそっとしておいてやりたい気持ちもあった。だが、このまま放っておけば、香澄は後悔すらできずに死んでしまうかもしれないのである。

「言っただろ……俺に『生』をくれるって。その約束は……」

「正広ちゃんの嘘《うそ》つきっ」

香澄は正広の言葉を遮るように言い放った。

「あたしだって、鏡ぐらいは見るんだからっ」

「え……」

正広はその意味がよく分からずに呆然《ぼうぜん》としていたが、やがてハッとしたように病室の洗面台に備えつけてある鏡を振り返った。

——そうか、俺の死の影が見えるってことはっ⁉

正広は自分の心臓がドキリと跳ね上がる音を感じていた。

「お前、気付いていたのか？」

「……やっぱり、そうなんだね」

すべてを確信したかのように、香澄は涙に濡《ぬ》れた睫毛《まつげ》をそっと伏せた。

香澄は……自分の死に気付いていた。そして、正広が自分のために嘘《うそ》をついてまで「生」を与えようとしていることにも……。

「あたし見たんだよ。あたしの後ろに見えていた『死』がすうって消えていくの。それに対して正広ちゃんの『死』が強くなってきて……」

「香澄……」

「そうなんでしょ？　正広ちゃんはあたしを助けてくれようとしているんでしょう？」

もう、正広には肯定《こうてい》することも否定することもできなかった。

どうして香澄にこんな能力があるのか分からないが、死んだ後に死神となったあみのことと併せて、正広はそこに何者かの意志が存在するのであれば、その者を八つ裂きにしてやりたい気分だった。

香澄にこんな能力さえなければ……。

あみが死神にならなければ……。

少なくともふたりの姉妹は、互いに対して憎しみも罪悪感も抱くことはなかったのだ。

「どうして!!　正広ちゃん、どうしてよっ!?」

無言でいる正広を問いつめるように、香澄はよろよろと近寄ってきた。瞳から溢れ続ける涙を拭《ぬぐ》おうともせず、まっすぐに正広を見つめてくる。

「悪い……黙っていたのは謝る」

「どうしてよ、正広ちゃん」

「でも、知ってたら、お前……絶対に嫌がっただろ？」

「そんなのあたりまえじゃないっ!!」

香澄は両手で正広の肩を掴《つか》むと、痛いほどに握りしめてくる。

「どうして……うくっ……どうしてよぉ。あたし嫌だよ……正広ちゃんがいないのに……生きていたくないっ!!　あたしだけ生き残るなんていやだよぉ」

「……香澄、俺はお前に生きていて欲しいんだ」

「なによぉ……そんな自分勝手、あたしはいやだよっ」

香澄は子供のように泣きながら、正広の肩を懸命《けんめい》に揺すった。

「俺は……香澄が死んでいくのを見たくない」

「そんなのっ、あたしだって同じよっ。あたしが……そう、あたしがお姉ちゃんに殺してもらえばいいのよ」

「香澄ッ!!」

正広は思わず自分の肩を掴む香澄の手を逆に握り返した。

そのあまりにも激しい動作に香澄はヒッと首をすくめたが、正広は力を緩めることなく細い手首を握りしめる。

死神には直接人を殺す力はなく、ただ魂を無に帰すだけだ。

だが、それでも姉が妹の魂を無に帰すようなことだけは、絶対にさせたくなどなかった。

「いやっ……あたしは絶対に嫌だからねっ!!」

香澄は正広の腕から逃れようと、懸命に身体を揺すった。

もう……ここまできた以上、香澄が素直に抱かれてくれるとは思えない。

——だったら。

「離してよ、あたし生き残りたくなんかない……あっ」

正広は掴んでいた香澄の手を思いっきり引っ張って、彼女をベッドの上へと放り投げた。

「キャッ!!」

どれだけ説得したところで香澄の決意は変わらないだろう。実際、これが逆の立場なら、正広もどんなことをしてでもやめさせたに違いないのだから。

——だとしたら、もう強引な方法しかない。

ベッドに倒れた香澄に、正広は無言のまま覆《おお》い被《かぶ》さっていった。

「やッ、ダメッ……正広ちゃん、やめてッ」

正広を振り払おうと、香澄は正広の下で必死にもがく。

だが、男と女の力の差は歴然である。正広は香澄の動きを簡単に封じると、彼女の服の胸元に手を掛けた。

「やめてッ……やめてッ!!」

無理やり脱がせようとしたためにワンピースは音を立てて破れ、ボタンのいくつかが弾《はじ》け飛んで、香澄の白い肌が露わになる。

「ヤダッ、ヤダヤダ……やめてっ、やめてよぉ!!」

正広は無理やりに香澄の服を剥《は》ぎ取ると、更に体重を掛けて動きを取れないようにした上で、身体に残った下着も取り去った。香澄を押さえつけたために空いた片手で肉棒を取り出し、露わになった秘裂に押しつけていく。

「正広ちゃん、お願い……いやああっ」

泣き叫ぶ香澄の姿に心が痛んだが、ここでやめるわけにはいかないのだ。正広は一気に香澄の中に肉棒を侵入させた。

「やあぁーッ!!」

前戯《ぜんぎ》のない、いきなりの挿入《そうにゅう》に香澄は絶叫を上げる。

だが、正広はしゃにむに腰を動かし続け、香澄の中を蹂躙《じゅうりん》するかのように貫き続けた。

ギシギシと激しい動きにベッドが軋《きし》んだ音を立てる。

香澄の声は廊下《ろうか》に響くほど大きくて、誰《だれ》かが駆けつけてきてもおかしくないほどだ。それでも正広は、香澄を犯すことをやめようとはしなかった。

「やだ……やだよぉ……ぐすッ……うッ、ううう……」

やがて香澄の悲鳴が小さくなり、嗚咽が混じり始める。

「香澄……」

ようやく香澄の抵抗がなくなったことを知ると、正広は動きを止めて背中からその細い身体を抱きしめた。

「正広ちゃん、やだよぉ……あたしを置いて、どこかにいかないでよぉ」

「……悪い」

正広には謝ることしかできなかった。

他《ほか》のことを口にすると、自分まで泣いてしまいそうな気がしたからだ。

「ばか……正広ちゃんのばかぁ。なんで、いつだって自分ひとりで決めちゃうのよ」

「…………………」

自分を犠牲にして香澄を救うことを後悔はしていない。

ただ、こうして傷つけてしまうことがたまらなく辛《つら》くて、正広は香澄と繋《つな》がったまま動けなくなった。自分が選んだ選択が痛みを伴うことを……いや、どうやってもお互いに傷つくことなど最初から分かっていたはずなのに。

「正広ちゃん……思いっきり動いて」

やがて、香澄が嗚咽混じりの声で囁《ささや》いた。

「あたしをメチャクチャに犯して……」

「香澄……」

「一生忘れられないくらい、あたしをメチャクチャに……犯してよっ」

香澄は懇願するようにそう言いながら、ポロポロと大粒の涙をこぼしている。

「一生、正広ちゃんのこと恨むんだからっ。……だから、一生恨めるくらい犯してよぉ」

「ごめん……」

体勢を入れ替えて正面から香澄を抱きしめられる形にすると、正広は彼女の内部で動き始めた。謝罪の言葉を口にする代わりに、激しく香澄を貫いていく。

「やあッ……アッ……あああッ……ウッ」

激しい動きに、再びベッドが軋んだ音を立てた。

もはや、性欲をむさぼるわけでもなく、今までのように「生」を吸い取るわけでも、香澄に分け与えるためでもない。

ただ、香澄を愛したかった。

滅茶苦茶になるほど、愛し尽くしたかったのだ。

正広は夢中で腰を動かしながら、香澄のすべてを感じ取ろうとした。

「ふああッ……やッ……やああッ!!」

香澄はそんな正広の動きに合わせ、まるで獣のように身体をくねらせて声を上げ続ける。

「正広ちゃん、中に……出してッ!! 一生……恨ませてッ……ああっ!!」

香澄が今までで一番激しい絶頂を迎えた瞬間。

正広は咄嗟《とっさ》に自分を引き抜いて、そのまま香澄の白い身体に精を解き放った。

「やッ……はッ……やだよぉ……なんで、なんで中に……」

香澄は息を弾《はず》ませながら、非難するように正広を見つめてきた。だが、どうしてもそれだけはできなかったのだ。

深く傷つける……それが香澄の望みだとしても、それだけは傷が深過ぎる。

「なんで……なんでよぉ……ううッ」

「……悪い」

そう言いながら、正広は香澄を強く抱きしめることしかできなかった。


日が沈んだ後――。

正広が屋上に上がってくると、昨日《きのう》までは見えていた月が完全に姿を消していた。

――新月か。

つまり、エアリオ……あみと出会って、十五日が経過したということになる。不思議な出会いであったが、思い返してみると本当に自分が色々なことを忘れていたのに気付く。

楽しかった思い出……そして辛かった思い出……。

本当にたくさんのことを忘れていた。

けれど、今はそれらがすべて昨日のことのように鮮明に思い出される。

死ぬ間際に自分の人生が走馬燈のように思い出される、という話を聞いたことがあるが、それと同じようなものなのかもしれない。

果たして香澄を救えるのかどうか分からないが、正広は彼女に「生」を与えたことによって、確実に寿命を縮めているはずなのだから。

「なあ、あみ……」

不意に感じた気配に、正広は給水塔《きゅうすいとう》を見上げながら話し掛ける。そこにはいつものように、黒い服を身に纏《まと》った死神がいた。

もう、エアリオの名を呼ぶ必要などない。

昔と面影が違っているとはいえ、正広が見つめているのは間違いなくあみなのだ。

「あみ、香澄は助かるのか？」

正広の質問に、あみは無言のまま答えようとはしなかった。

「可能性だけでもいい。聞かせてくれないか」

「…………………」

あみは目を伏せて軽く首を振る。それは無理だという意味なのか……それとも答えたくないという意味なのか、正広には判断できなかった。

「そうか……でも、俺はできるだけのことはやったよ」

「……それほどまでに香澄を助けたいのか？」

ずっと口を閉ざしていたあみが、ぽつりと呟《つぶや》くように訊《き》いた。

「ああ、俺は香澄のためなら死んでもかまわない」

正広がはっきりと言い切ると、あみはスッと視線を逸《そ》らせる。

「なら、ボクはもうなにも言う必要がない」

「お前の時みたいに見殺しにするのは、もう嫌だからな」

「……正広くんっ⁉」

あみは再び正広に視線を向けると、驚きと悲しみの入り交じった表情を浮かべる。その表情を見て……いや、あみが自分の名前を口にした時から確信していた。

あみは昔のことを忘れてなどいない。

生まれついての死神などではなく、人間だった時の記憶を持っているのだ。

──あみは分かっていた。だからこそ……。

だからこそ、正広の記憶が蘇《よみがえ》らないようにしていたのだろう。

「思い出したんだよ、俺」

「…………………」

あみは絶望したように俯《うつむ》いた。

「お前が……あみが死んだ時、交通事故にあった時……俺、すぐ側《そば》にいたんだな」

まるで今まで忘れていたことが不思議なくらい、鮮明に思い出すことができる。

襲いかかるように迫ってくる車。

ブレーキの軋む音。

誰かの悲鳴。

そう、正広はその時……あみと一緒だったのだ。

「でも……俺は逃げ出したんだ。血だらけになって倒れたお前を置き去りにして……」

自分の犯した罪の大きさを実感するように、正広はギュッと拳《こぶし》を握りしめた。

今更、あみに謝ったところで意味がないことは承知している。けれど、幼い頃の自分の罪を、正広は謝らざるを得ない。あみがこうやって自分の目の前に現れてくれたのは、そのためではないかと思えるほどだ。

「……怖《こわ》かったんだ。あみが死んでしまうことが」

「正広くん……」

「香澄はああ言っていたけど、本当は俺がお前を殺したようなもんだよな」

正広は自虐的《じぎゃくてき》に笑った。

「お前に殺してもらいたかったよ。せっかく死神になって戻ってきたんだから……」

「キミを殺すことなんてできないよ」

あみはそう言って、ふわりと正広の前に降り立った。

「ボクにできることは魂を無に帰すことだけだ。前にそう言ったよね？」

「あ、ああ……」

確かに聞いている。

けれど、それ以外に自分の犯した過去の罪を清算する方法を思いつかなかったのだ。

「本当に自分勝手だね」

あみはゆっくりと正広に近付いてきた。

その瞳は今までに見たこともないような怒りの色を浮かべている。

「ふざけないでくれ」

「あみ……」

「ボクに殺して欲しいだって⁉　ふざけるなっ‼」

これほど感情を露わにしたあみを見るのは初めてだ。

無表情だった今までの彼女とは、まるで別人に見えるほどであった。

「キミになにが分かるんだ？　そうやって自分のことばかり言って、ボクの気持ちなんてまっく考えないで……ふざけるのもいい加減にしてくれ‼」

あみはそう吐き捨てるように叫ぶと、正広の襟元《えりもと》を、その小さな身体からは想像もできないほどの強い力で掴み上げてきた。

「殺してくれだって⁉　死ぬことがどういうことか分かっているのか⁉」

「あみ……俺は……ただお前に……償いたくて……」

喉元《のどもと》を圧迫される苦しさの中、正広がなんとかそこまでを言葉にした瞬間。

「んっ⁉」

突然、正広の唇は柔らかい感覚に襲われた。

あみがいきなり唇を重ねてきたのだ。突然のことで、正広はあみのその行為になにをすることもできず、ただキスをされるがままになっていた。

「キミはそんなにボクにしたことを償いたいのかい？」

スッと唇を離すと、あみは正広の耳元で囁いた。

その表情はさっきまでのあみのものではなく、まさにエアリオという名の死神の顔。いや、それ以上に恐ろしいものに見えて、正広は咄嗟に返事をすることができなかった。

「なら、キミにはもっとも辛い方法で償いをしてもらうことにするよ」

あみの口元が微《かす》かに歪《ゆが》んだ。

「償い……？」

正広の声は知らぬ間に震えていた。さっきまで普通に話せていたあみが、今は身体が震えるほどに怖かった。まるで一番最初に出会った時のように……。

「ボクはキミが好きだったんだよ」

あみは再び正広に唇を重ねてきた。

唇を押し開いて積極的に舌を絡ませてくる。

「んんっ!!」

「……ボクもいつか大人《おとな》になって、キミとこんなふうにキスができると思っていたんだよ」

「あ、あみ……」

「でも、ボクの願いは叶《かな》わなかった。あの時キミが逃げ出さなかったら、ボクの願いは叶っていたのかもしれないのに……」

心をえぐられるようなあみの言葉に、正広は思わず視線を逸らせた。

だが、あみはそれを許さないかのように囁き続ける。

「そうやって、また逃げるのかい？」

「……っ⁉」

「忘却は罪だよ……忘れ去られてしまうことが、この世でもっとも辛いことなんだ」

だから、とあみは正広に冷ややかな視線を向ける。

「キミには忘れさせない。いつまでもボクのことを覚えていてもらうよ。そして、永遠に自分の犯した罪の意識に苛まれながら生き続けるといい」

激しい感情を露わにするあみの表情の中に、正広は微かに浮かんでいる寂しげな色に気付いた。そして、それこそが怒りの中に隠された彼女の本当の気持ちであることに。

サミシイ……。

ワタシヲ、ワスレナイデ……。

あみの心の中の叫びが、正広の身体に流れ込んでくるようだった。

「……分かった」

正広は小さく頷《うなず》いた。

「え……？」

「俺はお前を覚えている。自分のしたことも……お前のことも。……一生」

「正広……くん」

あみはスッと正広を掴んでいた手を緩めた。

そして、信じられないものを見るかのように正広の顔を凝視した。

「最初に会った時、お前は俺の記憶を封印してくれたんだろう？　俺があみと会っても罪の意識に苛まれないように……初めて会った相手のように話をするために」

「……………………」

正広の質問に、あみはイエスともノーとも言わず、ただ沈黙する。そんなあみの態度に、正広は自分の推測が正しかったことを確信した。

忘却は罪。そう言ったあみの言葉に、彼女の真実があったのだ。

正広と……そして妹の香澄に対する思いやりと、忘れ去られてしまうことの寂しさ。そのふたつの葛藤《かっとう》に、あみはどれほど苦しい選択をしいられていたのか。

すべてを無に帰す力を持つ彼女にとって、まさに苦渋の選択だったに違いない。

「俺は覚えているよ」

「それがどんなことなのか分かっているのか？　人は過去を忘れることで前へ進む。それができないということは、未来へ一歩も進まないということなんだ」

「それがお前の望みなんだろう？」

「……っ」

「今の俺がお前にできるのは、せめてそれくらいしかないいんだよ」

「バカだね……キミは」

あみはため息をつくと、そっと正広から離れた。

「あみ……？」

「ボクはキミに再会したくなんかなかった」

あみは静かに言いながら、背にしていた大鎌《おおがま》を手に取った。

「最初に分かったよ。キミはボクを忘れてなんかいなかった。ボクの呼び掛けにも、キミはちゃんと答えてくれた……だから……」

――呼び掛け……？

正広は不意に路地裏に倒れていた時のことを思い出した。

あの時の声……。

てっきり香澄だとばかり思いこんでいたが、あれは……。

「……だから、ボクはキミの記憶を封印したんだ。こうなることは分かっていたからね」

「あみ、俺は……」

「もう終わりにしよう」

あみが正広に向かって大鎌を振り上げると、月光が鎌の刃を不気味に照らし出した。

「ボクは十分に報われたから、もう……キミを解放してあげるよ」

「まさか……あみっ!!」

あみがなにをしようとしているのかを悟って、正広は思わず声を上げた。

……魂を無に帰す。

それはすべての者に向けられる、最大の慈悲であるのかもしれない。

消えてしまうのは魂そのものではなく……人々の記憶であるとしたら。

「さようなら。正広くん」

「待てっ、俺はまだお前に……」

正広の言葉が終わらないうちに、あみは手にした大鎌を振り下ろした。

ヒュン!!

激しい風切り音が耳に届いた途端、正広の目の前は暗転した。


「お姉ちゃん、誕生日おめでとう」

「おめでとう」

「もう、正広ちゃん、もっとちゃんと言ってよ」

「あはは……ふたりともありがとう」

「どう、お姉ちゃん？　気に入ってくれた？」

「うん、えっと……これペンダント？」

「それあたしからっ、それっていろんなものが入れられるのよ」

「あ、ほんとだ。香澄、ありがとう。それじゃ……砂時計は正広くん？」

「……そうだよ」

「正広くんもありがとう、ほんとありがとね。ふたりとも」

「お姉ちゃん喜んでくれてよかったね。正広ちゃん、お姉ちゃんが喜んでくれるかどうか、分からなかったんだよね」

「え？　そうなの？　正広くん」

「……そういうの、よく分からなかったから」

「あはは、うん。すごく気に入ったよ。これ、宝物にするね」

「それとこれ。正広ちゃんがお姉ちゃんにって書いたんだよ」

「そ、それは見せなくていいよ。恥ずかしいだろっ」

「ふふふ……ふたりともありがとうね。ふたつとも本当に宝物にするからね」


消えゆく意識の中――。

正広は忘れていた過去の記憶をすべて思い出していた。

その時の情景……。

その時の気持ち……。

その浮かび上がってきた記憶が、正広の中で現実と変わらない質感を持ち始めた時、それらはまた白濁の意識の下へと沈み込んでいく。
今度こそ、すべてが無に帰すように。
正広が最後に見たものは、寂しげなあみの顔と――。
舞い散る白い花びらだった。

# エピローグ

屋上に出ると、強烈な日差しが襲ってきた。

青く澄み切った空とどこまでも伸びる雲が、盛夏の近いことを感じさせる。

正広は日差しを避けるようにして、いつものように給水塔《きゅうすいとう》の陰《かげ》になる場所に座り込むと、ポケットから煙草《たばこ》を取り出して火を点《つ》けた。

「ふう……」

ゆっくりと煙を吐き出しながら、陽光を遮ってくれている給水塔を見上げた。

そこには、以前のようにあの少女の姿はない。

まるで彼女と出会ってからの十数日間は、現実のものではなく、月が見せていた幻であったかのようだ。

あの日……最後に香澄を助けてくれるよう頼みに行った時以来、いくらここに足を運んでも彼女が姿を現すことはなかった。

——どこへ、行ったんだろう。

正広はあの死神の少女……エアリオの容姿を思い出そうとしたが、どうしても記憶がはっきりとしないのだ。

あれから、まだ数日しか経過していないというのに……。

「そう……あの時、なんと言っていたんだっけか」

正広はひとりごちて呟《つぶや》いた。

# エピローグ

最後にエアリオと会った時——。

正広はそこで彼女となにか重要な話をしたような気がするのだ。

——大切なことだったような気がするんだけどな。

正広はぼんやりと考えた。

今、一番知りたいのは、正広がどうして生きているのか……だ。

香澄にすべての「生」を与えたはずであったのに、正広は今もなお生き続けている。

「ん……？」

給水塔を見上げていた正広は、その上に光るものを見つけて立ち上がった。

なにかが陽光を反射して、小さな光を放っているようだ。

——なんだろう？

自分がそれほど好奇心が強いとは思わなかったが、その光の源がなんであるのかを確かめずにはいられなくなり、正広は煙草を揉《も》み消《け》して給水塔の梯子《はしご》に近付いた。

梯子は給水塔の天辺まで続いている。おそらくは点検用のものなのだろう。

正広はゆっくりと梯子を登り始めると、時間を掛けて給水塔の一番上までできた。そこにはエアリオが立っていた場所であろう、一メートル四方の小さな空間がある。

目的のものは、まるで正広を待っていたかのように、そこにぽつりと落ちていた。

「なんだ……これ？」

銀色のペンダントと、小さな砂時計。

――確か、エアリオが以前に見せてくれたものだよな。

正広はその場にしゃがみ込むと、まるで子供の玩具《おもちゃ》のような砂時計を持ち上げた。

砂時計の砂はすでに落ちきっている。

もうひとつの銀色のペンダントに手を伸ばした時。

「こらーっ、また煙草吸ってるでしょう!!」

どこからか声が聞こえてきて、バランスを崩した正広はその場にぺたりと座り込んだ。

慌てて屋上を見渡すが、そこには誰《だれ》の姿もない。

「ここからだったら、そこ丸見えなんだからね。そんな危ないところにいないで、早く降りてきなさいよっ」

「なんだ……香澄か」

正広は中庭を見下ろして思わず苦笑した。

この頃《ごろ》、香澄は正広が煙草を吸うことにうるさく文句を言い始めているのだ。身体《からだ》に悪いというのがその理由だが、正広にしてみれば大きなお世話である。

さっきもあまりうるさく言うので、一服するために屋上まで逃げてきたくらいだ。

「退院パーティの主役が逃げ出してどうするのよっ」

香澄がそう言うと、

「そうだ、そうだーっ!!」

「正広クン、本当は退院したくないんでしょーっ!!」

こよりや真綾など、周りにいた者たちが同調するように声を張り上げた。

近くには沙耶の姿も見える。

「今、行くーっ!!」

正広はそう怒鳴り返して給水塔を降りようとしたが、ふと手にしたままのペンダントのことを思い出し、改めて見つめ直した。

ここにあるということは、おそらくはエアリオの置いていったものなのだろうが……。

——あれ?

手の中で弄《もてあそ》んでいると、ペンダントはロケット状になっているらしく、パカッと小さな蓋《ふた》が開いた。中には小さく折りたたまれた紙切れが入っている。

「……なんだ、これ?」

取り出して広げてみると、

「あみちゃん、だいすき」

そこには、まるで文字を覚えたばかりの子供が書いたような字が並んでいた。

——あみちゃん……?

正広はその名前を見て、記憶の底に引っかかるなにかを感じる。

ひどく大切なことを忘れてしまったかのような……そんな苛立《いらだ》ちと切なさ。

もう一度、ちゃんと読み返してみようと思った時。

「え……？」

正広の目の前がなんの前触れもなく揺らいだ。

次の瞬間、頬《ほお》を温《あたた》かい雫《しずく》がこぼれ落ちていく。

「え……お、おい……!?」

頬に手を当ててみて、正広は初めて自分が泣いていることに気付いた。

こぼれ落ちた涙の雫が、まるでラブレターのような小さな手紙を濡《ぬ》らす。

「なんだ……？　俺《おれ》、どうして泣いているんだ？」

正広は思いがけない自分の涙を、片手で拭《ぬぐ》いながら顔を上げた。

——と。

今まで気がつかなかったが、給水塔の手摺《てす》りに白い花が結わえてある。

エアリオがいつも胸に挿《さ》していた花だ。

正広はその花を見て、不意に香澄が言っていた言葉を思い出した。

「……わすれな草」

儚《はかな》げで優しく小さな花だ。

正広は、あの時――香澄が言っていた言葉を思い出した。

「そう、確か花言葉が……」


――私を忘れないで。

初夏の風に吹かれ、わすれな草が微《かす》かに揺れた。

END

# あとがき

こんにちはっ！　雑賀匡です。

今回は、ユニゾンシフト様の「忘レナ草」をお送りします。

ゲームの方は全体的に悲しい話が多かったので、色々と考えた末に、ちょっとだけラストシーンを変更してみました。

なんだかエアリオに貧乏くじを引いてもらう形になってしまいましたが、彼女メインのストーリーもちゃんと存在しますので、興味を持たれた方は、是非ゲームの方もプレイしてみてください。


では、最後に……。

K田編集長とパラダイムの皆様、お世話になりました。

そして、この本を手に取っていただいた方にお礼を申し上げます。またお会いできる日を楽しみにしております。

雑賀　匡

# 忘レナ草 Forget-me-Not

2002年7月25日 初版第1刷発行

著　者　雑賀 匡
原　作　ユニゾンシフト
原　画　いとう のいぢ

発行人　久保田 裕
発行所　株式会社パラダイム
〒166-0011東京都杉並区梅里2-40-19
ワールドビル202
TEL03-5306-6921 FAX03-5306-6923

装　丁　妹尾 みのり
印　刷　図書印刷株式会社

# 既刊ラインナップ

定価 各860円+税

1 悪夢 ～青い果実の散花～
2 脅迫
3 痕 ～きずあと～
4 慾 ～むさぼり～
5 黒の断章
6 淫従の堕天使
7 Esの方程式
8 歪み
9 悪夢 第二章
10 瑠璃色の雪
11 官能教習
12 復讐
13 淫Days
14 お兄ちゃんへ
15 緊縛の館
16 密猟区
17 淫内感染
18 月光獣
19 告白
20 Xchange
21 虜2
22 飼
23 迷子の気持ち
24 ナチュラル ～身も心も～
25 放課後はフィアンセ
26 骸 ～メスを狙う顎～
27 朧月都市
28 Shift!
29 いまじねぃしょんLOVE
30 ナチュラル ～アナザーストーリー～
31 キミにSteady
32 ディヴァイデッド

33 紅い瞳のセラフ
34 MIND
35 錬金術の娘
36 凌辱 ～好きですか？～
37 My dearアレながおじさん
38 狂＊師 ～ねらわれた制服～
39 UP!
40 魔薬
41 臨界点
42 絶望 ～青い果実の散花～
43 美しき獲物たちの学園 明日菜編
44 淫内感染 ～真夜中のナースコール～
45 My Girl
46 面会謝絶
47 偽善
48 美しき獲物たちの学園 由利香編
49 せ・ん・せ・い
50 sonnet～心かさねて～
51 リトルMyメイド
52 flowers～ココロノハナ～
53 サナトリウム
54 はるあきふゆにないじかん
55 プレシャスLOVE
56 ときめきCheck in!
57 散櫻 ～禁断の血族～
58 Kanon～雪の少女～
59 セデュース ～誘惑～
60 RISE
61 虚像庭園～少女の散る場所～
62 終末の過ごし方
63 略奪～緊縛の館 完結編～
64 Touch me～恋のおくすり～

65 淫内感染2
66 加奈～いもうと～
67 PILE・DRIVER
68 Lipstick Adv.EX
69 Fresh!
70 脅迫～終わらない明日～
71 うつせみ
72 Xchange2
73 M.E.M.～汚された純潔～
74 Fu・shi・da・ra
75 絶望 ～第二章～
76 Kanon～笑顔の向こう側に～
77 ツグナヒ
78 ねがい
79 アルバムの中の微笑み
80 ハーレムレーサー
81 絶望 ～第三章～
82 淫内感染2～鳴り止まぬナースコール～
83 螺旋回廊
84 Kanon～少女の檻～
85 夜勤病棟
86 使用済～CONDOM～
87 真・瑠璃色の雪～ふりむけば隣に～
88 Treating 2U
89 尽くしてあげちゃう
90 Kanon～the fox and the grapes～
91 もう好きにしてください
92 同心～三姉妹のエチュード～
93 あめいろの季節
94 Kanon～日溜まりの街～
95 贖罪の教室

96 ナチュラル2 DUO 兄さまのそばに
97 帝都のユリ
98 Aries
99 LoveMate～恋のリハーサル～
100 恋ごころ
101 プリンセスメモリー
102 ぺろぺろCandy2 Lovely Angels
103 夜勤病棟～堕天使たちの集中治療～
104 尽くしてあげちゃう2
105 悪戯Ⅲ
106 使用中～W.C.～
107 せ・ん・せ・い2
108 ナチュラル2 DUO お兄ちゃんとの絆
109 特別授業
110 Bible Black
111 星空ぷらねっと
112 銀色
113 奴隷市場
114 淫内感染 ～午前3時の手術室～
115 懲らしめ 狂育的指導
116 傀儡の教室
117 インファンタリア
118 夜勤病棟 ～特別盤 裏カルテ閲覧～
119 姉妹妻
120 ナチュラルZero＋
121 看護しちゃうぞ
122 みずいろ
123 椿色のプリジオーネ
124 恋愛CHU! 彼女の秘密はオトコのコ？

最新情報はホームページで！　http://www.parabook.co.jp

125 エッチなバニーさんは嫌い？
原作：ジックス　著：竹内けん

126 もみじ「ワタシ…人形じゃありません…」
原作：ルネ　著：雑賀匡

127 注射器2
原作：アーヴォリオ　著：島津出水

128 恋愛CHU！ヒミツの恋愛しませんか？
原作：SAGAPLANETS　著：TAMAMI

129 悪戯王
原作：インターハート　著：平手すなお

130 水夏～SUIKA～
原作：サーカス　著：雑賀匡

131 ランジェリーズ
原作：ミンク　著：三田村半月

132 贖罪の教室BADEND
原作：ruf　著：結字糸

133 -スガタ-
原作：MayBeSOFT　著：布施はるか

134 Chain失われた足跡
原作：ジックス　著：桐島幸平

135 君が望む永遠 上巻
原作：アージュ　著：清水マリコ

136 学園～恥辱の図式～
原作：BISHOP　著：三田村半月

137 蒐集者　コレクター
原作：ミンク　著：雑賀匡

138 とってもフェロモン
原作：トラヴュランス　著：村上早紀

139 SPOT LIGHT
原作：ブルーゲイル　著：日輪哲也

140 Princess Knights上巻
原作：ミンク　著：前薗はるか

141 君が望む永遠 下巻
原作：アージュ　著：清水マリコ

142 家族計画
原作：ディーオー　著：前薗はるか

143 魔女狩りの夜に
原作：アイル　著：南雲恵介

144 憑き
原作：ジックス　著：布施はるか

145 螺旋回廊2
原作：ruf　著：日輪哲也

146 月陽炎
原作：すたじおみりす　著：雑賀匡

147 このはちゃれんじ！
原作：ルージュ　著：三田村半月

148 奴隷市場ルネッサンス
原作：ruf　著：菅沼恭司

149 新体操（仮）
原作：ぱんだはうす　著：雑賀匡

150 Piaキャロットへようこそ!!3 上巻
原作：エフアンドシー　著：ましらあさみ

151 new～メイドさんの学校～
原作：SUCCUBUS　著：七海友香

152 はじめてのおるすばん
原作：ZERO　著：南雲恵介

153 Beside ～幸せはかたわらに～
原作：F&C・FC03　著：村上早紀

154 Only you 上巻
原作：アリスソフト　著：高橋恒星

155 性裁　白濁の禊
原作：ブルーゲイル　著：谷口東吾

157 Sacrifice ～制服狩り～
原作：Rateblack　著：布施はるか

159 忘レナ草 Forget-me-Not
原作：ユニゾンシフト　著：雑賀匡

166 はじめてのおいしゃさん
原作：ZERO　著：三田村半月

好評発売中！

# 〈パラダイムノベルス新刊予定〉

☆話題の作品がぞくぞく登場！

## 164.Only you -リ・クルス- 下巻

アリスソフト　原作
高橋恒星　著

　数々の試練を乗り越えた勇二に、ついに決着の時が訪れる。タイガージョーからの奥義伝授！　宿敵・鴉丸との決戦！　そして、地球へと到来する「破滅を招くもの」の正体とは！

## 161.エルフィーナ ～淫夜の王宮編～

アイル　原作
清水マリコ　著

　フィール公国は平穏で美しい小国だった。しかし隣国ヴァルドランドに武力制圧され、男は捕虜として連行、女は奉仕を強制された。「白の至宝」と名高いエルフィーナ姫も例外ではなく…。